Élisabeth Darchis - Gérard Decherf

ANNE-BABA REHBERİ-1

ÇOCUKLA İLETİŞİM

Ayrılık

Parçalanmış Ailede Çocuk

ÇEVİREN: VİLMA KARA

APOLLON
YAYINCILIK

APOLLON YAYINCILIK
Ayrılık- Parçalanmış Ailede Çocuk
Anne Baba Rehberi-1, Çocukla İletişim
J'en parle avec mon enfant – la séparation
Elisabeth Darchis ve Gérard Decherf

Yayıncı Sertifikası No: 14998
ISBN: 978-605-4279-14-2
Birinci Basım: 2010, İstanbul
Yayına Hazırlayan: Canan Çakır
Kapak: İlhan Öztin
Mizanpaj: Doğan Alişanoğlu

Basıldığı Yer: Kitap Matbaacılık

Apollon Yayıncılık, Vişne 1 Mah. 7. Cad. No 28
Zekeriyaköy/İstanbul
Tel: 0541 826 34 24
Fax: 0212 202 83 49
e-posta: hilmi@apollon.com.tr

web: www.apollon.com.tr

İÇİNDEKİLER

Bölüm 1
Birliktelik sonsuza dek sürer mi? S. 7

Ayrılık, insanın kendisi için olduğu kadar çocuğu için de bir sınavdır. Eğer evlilikte sorunlar yaşanıyorsa, çocuğa, bir zamanlar anne ve babasının arasında var olan aşkı, sevgiyi anlatmak gerekli midir? S. 8

Yaşamsal bir ihtiyaç olan birine gönülden bağlanma nereden kaynaklanıyor? S.9

Ayrılıktan korkmak "normal" midir? S. 10

Ayrılık "öğrenilir" mi? S. 11

Çocuğun ayrılığa dair korkularına ne şekilde yaklaşmak gerekir? S. 12

Çocuk yetişkin bir birey olduğunda birliktelikten doğan bu mutluluğu kendi hayatında da yaratmayı ister mi? S. 13

Çocuğun sorduğu sorular S. 15
"Anne, sen bir yere gittiğinde, ben çok korkuyorum."
"Niçin annem yokken küçük kardeşim pelüş oyuncağı ile avunuyor?"

Bölüm 2
Evlilik kötüye gittiğinde... S.17

Evliliğimizde, tartışma hiç eksik olmuyor. Çocuğumuzun bu tartışmalara şahit olmasını önlemeli miyiz? S. 18

Evlilikte sorunlar yaşamak "normal" midir? S.19

Sık sık tekrarlanan veya şiddet içeren tartışmalar çocuğumuzun üzerinde olumsuz bir etki yaratabilir mi? S. 20

Tartışmalarımızdan dolayı kendini suçlu hisseden çocuğa ne söylemek gerekir? S. 22

Ya çocuk ebeveynlerinden birinin tarafında yer alırsa, ona ne söylemek gerekir? S. 23
Ergenlik dönemindeki bir çocuk, anne ve babası arasında yaşanan sorunları daha kolay anlayabilir mi? S.24

Bir çocuğa anne baba arasındaki sevgi ile aile sevgisi arasındaki farkı nasıl anlatmak gerekir? S. 25

Çocuğun sorduğu sorular S. 27
"Neden tartışıyorsunuz?"

Bölüm 3
Fiziksel ayrılık: boşanma S. 29

Çocuğa anne ve babasının ayrılacağını nasıl söylemek gerekir? S. 30

Anne ve baba çocuğa açık açık her şeyi anlatmalı mı yoksa geçici bir süre için gerçeği saklamalı mıdır? S. 31

Ebeveyn çocuğa, artık annesini veya babasını sevmediğini söylemeli midir? S. 33

Acaba çocuk, ayrılığımızı kendisine yapılan bir ihanet olarak mı görür? S. 34

Anne ve babanın yaşadığı acının ağırlığını çocuğunun da taşımaması için ne yapmak gerekir? S. 35

Ergenlik döneminde bir çocuk ayrılığı daha mı kolay atlatır? S. 37

Başarılı "ayrılıklar" var mıdır? S. 38

Çocuğun sorduğu sorular S. 39
"Sana yaptıkları için ondan nefret ediyorum!"
"Benimle de boşanacak mısın?"

Dördüncü Bölüm
Ya sonra? Yeni bir hayat kurmak, yeni çıkış noktaları aramak... S. 41

Geçiş süreci nasıl düzenlenmelidir? S. 42

Çocuklar mahkeme kararına ortak edilmeli midir? S. 44
Ya çocuk diğer ebeveyni ile görüşmek istemezse? S. 45

Çocuğa dönüşümlü bakma konusunda daha yapıcı çözümler var mıdır? S. 46

Çocukla, "önceden olduğu gibi" vakit geçirmenin yararı olur mu? S. 47

Çocuğa diğer ebeveynden bahsetmek gerekli midir? S. 48

Çocuğun sorduğu sorular S. 50
"Benim gerçek ailem seninki mi?"
"Babam mı? Onu görmesem de ..."

Beşinci Bölüm
Yeni bir rol: yalnız anne / yalnız baba S. 53

Yalnız anne / yalnız baba rolünü evde nasıl yerine getirmek gerekir? S. 54

Çocuğun diğer ebeveyne gittiği zamanlarda endişelenmek "normal" midir? S. 55

Çocuk diğer ebeveyne gittiği zaman, kendini suçlu hissediyorsa, ona ne söylemek gerekir? S. 55

Ebeveynin çocuklarla fiziksel ayrılığı, onları bir arada tutan sevgi ve bağlılığın kopmasına neden olmaz mı? S. 56

Çocukların yetiştirilmesi konusunda ebeveynler farklı görüşlerde olduklarında ne yapmak gerekir? S. 56

Bundan sonra anne ve baba rolleri nasıl paylaşılmalı? S. 58

Eğer çocuk diğer ebeveynin yanında daha çok eğleniyorsa, bu, annenin veya babanın görevini yeterince iyi yapamadığı anlamına mı gelir? S. 59

Çocuğun sorduğu sorular S. 61
"Eve ne zaman geri döneceksin?"
"Seninle uyuyabilir miyim?"

Altıncı Bölüm
Yeni bir evlilik, yeni bir aile S. 63
Anne veya babanın hayatında yeni biri olduğunda, bu durumdan çocuğa ne zaman bahsetmek gerekir? S. 64

Anne veya baba, çocuk olmadan, dışarı çıktıklarında veya yeni hayat arkadaşlarıyla buluştuklarında çocuk kıskanıyorsa, ona ne söylemek gerekir? S. 65

Anne ya da baba, yeni hayat arkadaşıyla bir arada yaşama kararını çocuğa ne şekilde söylemesi uygun olur? S. 66

Çocuk, ebeveynin yeni hayat arkadaşının eve gelmesine şiddetle karşı çıkıyorsa, bu durumu çözümlemek için ne yapmak gerekir? S. 67

Ebeveynin, yeni kurduğu ailenin de tıpkı ilkinde olduğu gibi, sona ereceğinden korkması "normal" midir? S. 68

Her iki aileyi bir araya getirmek için ne yapmak gerekir? S. 69

İki farklı aileden gelen ve birdenbire bir arada yaşamak zorunda kalan çocukların birbirlerine alışmaları için neler yapmak gerekir? S. 70

Yeni eş, çocuğa karşı nasıl davranmalıdır? Onun hayatlarındaki yerini çocuğa nasıl anlatmak gerekir? S. 72

Yeni kurulan ailede, çocuğun kendi yerini bulmasında nasıl yardımcı olunmalıdır? S. 73

Çocuğun sorduğu sorular S.75
"Sen beni gerçek annem kadar seviyor musun?"
"Bana hiçbir şey söylemeye hakkın yok, şen benim babam değilsin!"

Kaynakça : S. 78
Yazar ve Çevirmen Biyografileri S. 78

Bölüm 1

Birliktelik sonsuza dek sürer mi?

Ayrılık kaygılarının gölgesinde yaşayan bir çocuğun; kendisini güvende ve korunmalı hissedebilmesi için aile çatısına ihtiyacı vardır. Bu birliktelik ihtiyacı; çocuğun, anne-bebek ilişkisindeki bağlanmayı, ayrılmazlığı özlemesinden kaynaklanır.

Diğer yandan, bir çocuğun annesinden ayrılmayı öğrenmesi; sağlıklı gelişimi ve bağımsız bir birey olabilmesi için şarttır.

Ayrılık, insanın kendisi için olduğu kadar çocuğu için de bir sınavdır. Eğer evlilikte sorunlar yaşanıyorsa, çocuğa; bir zamanlar anne ve babasının arasında var olan aşkı, sevgiyi anlatmak gerekli midir?

Evet! Çocuğa; anne ve babanın nasıl tanıştığını, bir zamanlar birlikte yaşamak için her ikisinin de ne kadar istekli olduklarını ve aralarında var olan sevgiyi kesinlikle anlatmak gerekir. Anne ve babasının; geçmişte birbirlerini çok sevdiklerini, çocuk sahibi olmayı istediklerini bilmek; çocuk için son derece değerlidir. Zamanı geldiğinde aşk konusunda deneyim kazanacak olan çocuğa; şimdiden sevginin, aşkın insanlarda doğal bir ihtiyaç olduğunu da açıklamak gerekir. Ünlü psikanalist Freud bu konuyu, "*Eğer bir insan sevmiyor ve sevilmiyorsa, özellikle de sevme yeteneğini kaybettiyse hastalıklı biri hâline gelir.*" diyerek açıklamıştır. O hâlde, aşk ve sevgi bağının oluşması; insandaki önemli bir ihtiyacın, isteğin gerçekleşmesi anlamına gelir. İnsan; temel ihtiyaçlarından biri olan bir başkası tarafından fark edilme ihtiyacını karşılamak amacıyla, uzun zamandır hayalini kurduğu veya aradığı yeni bir birliktelik doğrultusunda sevebileceği kişiyi seçer.

Niçin o kadın veya o erkek de başkası değil? İnsanın temel beklentilerine cevap veren bir birliktelikte, eşlerden her biri; gerek toplum içinde, gerekse düşünce ve kaygılarda birbirlerine bağlanmayı, tamamlanmayı arzu ederler.

Eş seçiminin ise kısmen bilinçsiz yapıldığını söyleyebiliriz. Birlikteliğin temel ilkesini oluşturan ortak çıkarlar, sözsüz bir anlaşmaya dayanır. Ortak temel kaygılara dayanan birliktelik ve çekim; mimikler, davranış şekli, ses tonu, vesair işaretlerle çiftler arasında pekiştirici rol oynar. Anında bir birlikteliğe dönüşen bu çekim, "yıldırım aşkı" ile ifade edilir. Böyle bir birliktelikte, ister istemez her biri diğerini idealleştirir. Oysa çift olma sanatı; birlikte ilerleyebilmek ama aynı zamanda da diğerinin farklı olduğunun bilincinde olmaktır.

İnsan; yaşamı boyunca, kaygılarından ve yalnızlıktan korunmak için evlilik isteği duyarken, kendini ayrılıklardan koruyabilmek için de değişmeden olduğu gibi kalmak ister. Bu kaygılar, korkular; bizi diğer insanlara bağlarken, çiftler arasında sadece birbirlerinin anlayabileceği "bizim aramızda" anlamı taşıyan özel işaretlerle kendini ortaya koyar.

Herkes evliliğinin mümkün olduğunca uzun sürmesini diler. Ama birleşme arzusu veya eşini idealleştirme güdüsü ne kadar çok kuvvetliyse eşe yüklenen umutlar ve beklentilerin aslında gerçeğe uymadığı o kadar ortaya çıkar. Bu durum karşısında, eşlerin her biri kendini aldanmış veya aldatılmış hissederler. Bu büyük hayal kırıklığının yarattığı acıyla eşlerini bir yabancı gibi görmeye başlarlar.

Yaşamsal bir ihtiyaç olan birine gönülden bağlanma nereden kaynaklanıyor?

Bir bebeğin yaşayabilmesi için başka birine ihtiyacı vardır. Ünlü pediatr ve psikanalist D. Winnicott'a göre: "Bir bebek tek başına var olamaz." Süt Bebeği; doğumundan itibaren annesiyle, benlik ve ortam olarak iç içe geçmiş bir ortak yaşam hâlindedir. Bebeğe; güven ve korunma hissi veren, bu ortak yaşamın temeli hamilelikte atılır. Oluşan güven hissi, bebeğin gelecekteki yaşamında ayrılıklara daha kolay katlanabilmesine yardımcı olur. Burada konu; doğal olarak, diğer insanlara ve gruplara gelir. Var olma duygusu; bir arada yaşamaya bağlıdır. Şöyle ki Freud; tüm insanlarda var olan eksiklik kavramından bahsetmiştir. İnsan; hayatı boyunca, kendinde eksik olanın peşine düşer ve bu yüzden kendini ifade etmek, ayakları üzerinde durmak için diğerinden ayrılır. Aile içinde; birleşme ihtiyacı, bazen çocukluğa ve hatta kişinin ebeveynlerine kadar uzanır. Birleşme konusunda birçok anne; sanki kendi düşünceleriymişçesine, çocuklarının ne düşündüklerini gayet iyi bildiklerini söylerler.

Temeli sevgi olan bir evlilik, bir aile kurma -bundan başka dini gruplar veya siyasi hareketler- çabası; kişinin, anne karnından ve çocukluğundan itibaren gelen birleşme ihtiyacının sonucudur.

Ayrılıktan korkmak "normal" midir?

İnsanoğlunun en büyük korkusu farklılık ve ayrılıktır. Bu korku, kaybetme ve ölüm kaygısını da içerir. Diğerinin farklı olduğunu kabullenmenin zorluğu; genellikle, birlikteliğin sona ermesi ihtimalini akla getirmesindedir. Farklıklar bizi birleştirmez, uzaklaştırır. Farklılıktan korkmamızın nedeni de budur. Hepimizin bilinç altında; bize yabancı olanın, etrafımızda oluşturduğumuz koruyucu grubu yıkabileceği kaygısı yatar.

Bir aile kurmak için yapılan, bu yaşamsal büyük atılımın iki yüzü vardır. Birincisi; yalnız ölmemek için birlikte yaşamayı istemek... İkincisi ise diğeri veya diğerleri tarafından bastırılmamak, boğucu ve adeta yapışık bir halde yaşamamak için ayrılmayı seçmek...

Ayrılık "öğrenilir" mi?

Anne ve bebek; doğumdan önce aralarında oluşan bağı sonsuza kadar korumak isterler. Bebeği emzirmek, sallamak, dinlemek ve bebekle konuşmak çok önemlidir. Anne, çocuğunun kendisine yakın olma ihtiyacının farkındadır ama aynı zamanda çocuk ilk adımlarını atmaya başladığında, beşiğinin içinde veya odasında olduğunda, kendisinden biraz uzaklaşmaya gereksindiğini de bilir. Sürekli annesinin kolları arasında olan çocuk, ayrılık tecrübesi kazanamaz. Annesinin birkaç dakikalık uzaklaşmasına bile tahammül edemez ve kendini güvende hissedemez. İşte tam da bu noktada babanın çok önemli bir rolü vardır. Annenin başka çıkış noktaları bulabilmesi, eşiyle ve evlilikleriyle ilgilenebilmesi için babanın yardımına ihtiyacı vardır.

Çocuk; sütten ve biberondan kesilme gibi bir çok başka ayrılıklar da yaşayacaktır. Annesinin yardımıyla, bebek katı besinler yemeği öğrenir. Yürümeye başlaması ile çocukla anne arasına bir mesafe oluşur, çünkü çocuk; ilk adımlarıyla, kendi kendine annesinden uzaklaşır. Başlangıçta; çocuk annesinin olduğu tarafa dönerek daha hızlı adımlar atmaya başlar ama bir süre sonra, annesinin eteklerinin altından ayrılarak dünyayı keşfetmeye başlar. Çocuk; daha sonraları kreş, okul, arkadaşlar, bazen tatiller, ergenlik, evden ayrılma vesair sebeplerle ailesiyle daha birçok ayrılık yaşayacaktır. Bu ayrılıklar her zaman kolay olmazlar. Kimi zaman endişe ve acı verici olsalar da herkesin yavaş yavaş kendine ait bir hayatı oluşturabilmesi için gerekli tecrübelerdir. Diğer yandan; bu ayrılıklar sayesinde büyüdüğümüzü gururla ispat eder ve bundan mutluluk duyarız. Ailesi tarafından güvende olduğunu hisseden çocuk; yeni şeyler, yeni ufuklar keşfetmekten hoşlanır. Aileler ise gelişiminden ve yetiştirilmesinden sorumlu oldukları çocuklarının katettiği aşamalardan memnun olurlar. Çocuk; gitgide annesinin kollarına veya ailesinin her an yanında olmasına daha az ihtiyaç duyar. Kendi başına evden dışarı çıkıp arkadaşlar edinir, tecrübeler kazanır. Böylece bir taraftan kendi kişiliğini zenginleştirirken diğer taraftan da kendi güvenliğini sağlayıp sosyalleşir.

Çocuğun; ayrılığa dair korkularına ne şekilde yaklaşmak gerekir?

Bir çocuk; "Gitmeni istemiyorum," veya "Yalnız kalmaktan korkuyorum," ya da "Karanlıktan korkuyorum," dediğinde ifade ettiği duygu son derece normaldir. Kendisini çevreleyen ve koruyan şeylerden ayrılmayı öğrenebilmesi için hâlâ yardıma ihtiyacı vardır. Bu durumda, yapmamız gereken şey çocuğun yanında olmaktır. Böylece ebeveyn; çocuğun kişiliğinin oluşumunda son derece olumlu ve yapıcı bir davranış sergileyerek çocuğa güvende olduğunu hissettirir. Bu durum, çocuğa gelecekte karşısına çıkabilecek ayrılıklarla başa edebilme gücü verir. Diğer yandan; sadece bir kişiye bağlanmanın, sadece bir kişiyle var olabilmenin olumsuz yönü; insanın kendine ait bir hayat kurmasını, kendisi için yaşamasını engellemesidir.

Kimseye bağımlı olmadan, çocuğun güvenliği nasıl

sağlanır ve büyümesine nasıl yardımcı olunabilir? Çocuğa kendi ayakları üzerinde durmayı öğrenmesinde nasıl yardımcı olmak gerekir? Çocuğu daha çok koruyarak, sorularına ve korkularına cevap vererek mi? Hayır! Bu iyi bir çözüm yolu değildir, çünkü siz her zaman yanında olamazsınız. Çocuk ailesinden ayrılmayı başaramazsa bir yetişkin olduğunda, ne iş hayatında ne de özel hayatında kendi kararlarını verme yetisine sahip olacaktır.

Tam tersinde ise çocuğa zamanından önce başının çaresine bakmayı öğretmek; yardım etmek yerine, daha çok korkulara kapılmasına neden olur.

Bu durumda ailelerin görevi, çocuğa olan sevgilerini gösterip mümkün olduğunca yanında yer almak ve çocuğun bireyselleşme çabalarını desteklemektir. Bu sürekli olarak çocuğa hizmet etmek anlamına gelmez. Bir işi başarması için cesaretlendirmek ve bir başkasına bağımlı olmadan, kendi kendine yetebileceğini öğretmek gerekir. Ailesinden aldığı destek ve güven duygusuyla, çocuk bağımsız olmaktan korkmayacaktır.

Çocuğun bireyselleşmeyi ve aileden ayrılmayı öğrenmesi; gelecekte, yetişkin olduğunda karşısına çıkacak -duygusal hayatı veya hamilelik dönemi gibi- sorunlarla da kolayca baş edebilmesini sağlayacaktır.

Çocuk yetişkin bir birey olduğunda birliktelikten doğan bu mutluluğu kendi hayatında da yaratmayı ister mi?

Eşini bulmadan, kendi ailesini kurmadan önce, herkes uzun süreli ilişkiler yaşamayı arzu eder. Sonsuza dek sürecek muhteşem beraberliklerin hayalini kurar. Çocukluktan itibaren, sevgiyle bir arada olan ideal bir aileyi düşler. Çocukluk döneminde bu düş; anne-baba rolleri veya kurmaca törenlerle oyunlara yansır. Kız ve erkek çocuklar; sevginin ve cinselliğin ön planda olduğu, doktorculuk gibi oyunlar oynarlar. "Büyüdüğüm zaman, babamla bebek yapacağız," gibi sözlerle çocuk ebeveyni ile bir araya gelip bir çift olma ve bir aile kurmayı hayal eder. Annenin hamileliğinden babasının öpmesine kadar, çocukların algılamalarının gelişmesi için yaratılan tüm oyunlar faydalıdır. Çocuklar, bir bebeğin nasıl dünyaya geldiğini araştırdıkları oyunlar da oynarlar. Cinsel organlarından habersiz olan çocuklar, bebeklerin kalçadan mı; yoksa karına uygulanan bir ameliyatla mı dünyaya geldiklerini kendi kendilerine sorarlar. Büyüdüklerinde; psikolojik ve biyolojik olarak olgunlaştıklarında, bu oyunların farklı türlerini yaşarlar. Tüm bunlar; doğal olarak, çocuğun ailesindeki anne ve baba rolü ile onların çocuklarıyla olan ilişkilerini anlamaya yöneliktir. Ergenlik döneminde ise, yukarıda belirttiğimiz anne, baba ve çocukların ilişkinden edinilen tecrübeler, çocuğun karşı cinsle yaşayacağı duygusal hayatta kendini gösterir. Aslında, çocukluk düşleri bizi asla terk etmez. Bu sonsuz mutluluk tabloları; bize çocukluğumuzdan kalan bir mirastır ve ömrümüz boyunca, tıpkı peri masallarındaki gibi "Hayatlarının sonuna kadar mutlu yaşadılar ve birçok çocukları oldu." diye biten muhteşem bir birliktelik bekleriz. Ama ne yazık ki gerçek hayat masallardaki gibi olmaz.

Çocuğun sorduğu sorular

"Anne, sen bir yere gittiğinde ben çok korkuyorum."

Küçük çocuklara, kendilerini güvende hissettirmek çok önemlidir. Birkaç saat, bütün gün veya birkaç gün gidebileceğinizi ama daima geri döneceğinize onu ikna etmelisiniz. Hatta küçük oyunlarla da çocuğu yokluğunuza alıştırabilirsiniz.

Anne; küçük bir çocukken anneannesinin kendisine söylediği sözleri de aktarabilir çocuğuna: "Git yandaki küçük odada oyna, biraz sonra seni görmeye geleceğim... Yalnız değilsin ki, oyuncakların var." "Biliyor musun? Anneannem, bana yandaki bahçede saklambaç oynamayı öğretmişti. Saklanırdık, sonra da birbirimizi bulurduk... Karanlık için, bana geceleyin evin kapısını aralık bırakarak bahçemize çıkmamı öğretti. Başlangıçta, kalbim yerinden çıkacakmış gibi çarparak eve koşardım. Daha sonra; yıldızlara bakabildiğimde, bu oyun önemini yitirdi ama bende güzel anılar bıraktı..."

İnsanın; hayatında yaşayacağı ayrılıklar, gelişim süreci için gereklidir. Hayatımızda ardı ardına gelen kopuşlar, kendi ayaklarımızın üzerinde durmamıza ve ilerlememize yardımcı olur. Yetişkin bir erkek veya bir kadın olabilmek için ait olduklarımızla aramıza mesafe koymamız gerekir.

"Niçin annem yokken küçük kardeşim pelüş oyuncağı ile avunuyor?"

Aslında pelüş oyuncak, çocuklara ayrılığı öğretmeye yarar. Annesinin yokluğunda çocuk, pelüş oyuncağı sayesinde annesinin yanında olduğunu farz edip kendini güvende hisseder. Endişe veren bu geçiş döneminde çocuk; kendisine eşlik eden pelüş oyuncağı koklar, ısırır, emer, oyuncağın yüzünü okşar ve onu hep yanında taşır, ondan asla ayrılmaz. Daha sonraları pelüş oyuncak yerini, çocuğun cinsiyetine göre bir bebeğe ya da oyuncak bir arabaya bırakabilir. Oyuncağa şarkı mırıldanmak, onu hafifçe sallamak gibi bazı küçük alışkanlıklar da bu geçiş dönemini atlatmaya yardımcı olabilir. Başka bir deyişle; bu oyuncak anne-bebek ilişkisi ile dış dünya arasında bir geçiş sağlar. Böylece; küçük çocuk annesi ile olan birlikteliğine biraz mesafe koyarak başka bir ortama geçer. Çocuktan ayrılan anne artık dışarıdan biri olur.

Bu oyuncaklar; annesinin yokluğunda, çocuğun avunmasına yardımcı olur. Daha sonraları; anne ve babasının geri döneceğinden emin olduğunda, pelüş oyuncaklardan da vazgeçer. Anne ve baba; çocuğun iç dünyasındaki ait oldukları yeri aldıklarında, geçiş sürecindeki oyuncak önemini yitirir. Böylece çocuk; yavaş yavaş ailesini tanımlamak için semboller ve kelimeler kullanmaya başlar. Artık onları sürekli görmeye veya onlara dokunmaya ihtiyacı yoktur, çünkü çocuk ailesini içselleştirmiştir.

Bölüm 2

Evlilik kötüye gittiğinde...

Eşler arasında sık sık çok şiddetli tartışmalar yaşanan bir evde, kendisini suçlayan veya ailesi tarafından ihmal edilmiş hisseden çocuk acı çekebilir. Çocuktaki bu olumsuz hisleri gidermek için çocukla konuşmak, diğer ebeveyni kötülemeden çocuğu sakinleştirmek gerekmektedir.

Evliliğimizde, tartışma hiç eksik olmuyor. Çocuğumuzun bu tartışmalara şahit olmasını önlemeli miyiz?

Aynı çatı altında yaşayıp da çocuğun önünde tartışmamak çok zordur. Genellikle, "Ben geldiğimde hiçbir zaman evde olmuyorsun!", "Evet, çalışma saatlerim değişiyor ama sen hiç bir şey anlamıyorsun!" gibi sudan sebepler tartışma nedeni olabilir. Karşılıklı yapılan hakaretler, şiddet, şikayetler ve öfke; insanın kendine hâkim olmasını zorlaştırabilir. Bazen de "Bebeği yanımıza mı alalım yoksa bırakalım ağlasın mı?" veya "Yalan söylediğini kabul mü etmeliyiz yoksa ona ceza mı vermeliyiz?" gibi ebeveynlerin çocuğun yetiştirilmesine yönelik farklı görüşleri tartışma sebebi olabilir. Tabi ki bunlar önemli sorunlardır ama genellikle bu tartışmaların altında, kimin daha iyi bir ebeveyn olduğuna dair küçük bir rekabet yatar. Eğer çocuğun kaybedeceği büyük bir şey yoksa, doğru olan; küçük anlaşmazlıkları bir kenara bırakıp, çocuğun önünde diğer ebeveynle aynı fikirde olduklarını göstermektir. Çocuğumuzla ilgili aldığımız kararlar bazen yanlış olabilir, pişmanlık duyabiliriz. Bu durumda en iyisi; diğer ebeveyn bizi yermeden önce hatamızı kabul edip, çocuğumuzla bu konuda konuşmaktır. İnsanın hatalarını kabul etmesi bir zayıflık göstergesi veya otoritesini sarsacak bir davranış değildir. Buna karşın, diğer ebeveyni karalamak çocuğu daha fazla yaralar. O hâlde; önemsiz şeyleri büyütüp gerginlik yaratmak yerine, farklılıklarımızı ve küçük zayıflıklarımızı kabul etmek en doğrusudur.

Tabii ki arada sırada meydana gelen küçük tartışmalar çocuğu incitmez. Hatta iki değişik görüşün karşılıklı ifade edilmesi, çocuk için ilginç bir deneyim bile olabilir. Bu sayede çocuk; her zaman çok kolay olmasa da farklı bir görüşe saygı duymayı öğrenme imkânı bulur. Bir yetişkin olduğunda da bu deneyimden faydalanabilir; aynı zamanda seviyeli tartışmaların yıkıcı olmadığını, tam tersine yapıcı olduğunu da öğrenir. Ebeveynlerinin uygulayacağı bu çözümlerden ders çıkaran ve deneyim kazanan, farklı kişiliklere sahip yetişkinlerin nasıl bir arada yaşayabildiklerini gözlemleyen çocuk kazançlı çıkar. Karşılıklı fikir alışverişlerinin yeni keşiflere olanak verdiğine ve bir olayın farklı biçimlerde nasıl ele alındığına da tanık olur. Ebeveynler; bazen nasıl geri adım atılacağını ve tartışmalardan nasıl uygun kararlar çıkartılabileceğini gösterirler. Böyle bir deneyim yaşayan çocuk, farklı görüşlerle başa çıkmayı, arkadaşlarıyla olan ilişkilerinde de dinlemeyi ve kendi fikrini karşısındakine zorla benimsetmeye çalışmadan ya da kendini kurban gibi görmeden, farklı kişiliklerin düşüncelerine saygı duymayı öğrenir.

Evlilikte sorunlar yaşamak "normal" midir?

Sık sık olmamak şartıyla, yaşanan küçük tartışmalar her ilişki için gereklidir. Hatta ortak bir çözüm bulmak için herkesin kendini ifade etmesi son derece olumludur. Bu mesajı çocuğa iletmek için; insan ilk önce sorunların kaynağını doğru kavramalıdır. Gerek hayat tarzları, gerek davranışları ve gerekse alınacak kararlar bakımından insanlar birbirlerinden farklıdırlar ve her biri kendi kişisel görüşünün dinlenilmesini ister. Kişilik ve yetiştirilme tarzı olarak kadın-erkek farklılığı, bizleri anlaşmazlıklara, dolayısıyla da diğeri ile tartışma ortamına sürükler. Bizler; sevinçlerimizle ve kederlerimizle başlı başına birer hikâyeyiz ve sınanmalara ya da tartışmalara karşı aynı tepkiyi veremeyiz. Cevaplarınız; bazen eşinizin isteklerinin tam tersi olabilir, bu durumda ortak bir noktada buluşabilmek için eşinizle iletişim kurmalı ve anlayışlı olmalısınız. Farklı bakış açıları geliştirerek yapılan tartışmalar; insanın kendi görüşlerini de zenginleştirir ve genellikle olumlu sonuçlar doğurur. O hâlde; tartışmalar insanın kendini ifade etmesine, diğerinin bakış açısıyla kendi görüşlerinin zenginleşmesine, karşılıklı paylaşamaya ve birlikteliğin büyümesine yardım eder. Çiftler arasında yaşanan sorunlar normaldir, bu sayede ortak ve olumlu bir birliktelik inşa edilmiş olur.

Bu sorunlar; bazen mutluluk veren değişimlere veya önüne geçemeyeceğimiz hayat tecrübelerine yol açarak, insanın yeni durumlara alışmasına da olanak verir. Güvensizlik veya üzüntü, tehlike hissi veya korku duyan insan; böyle zamanlarda kendisini korumaya, savunmaya yönelik davranışlara yönelir. Sorunlar bazen çiftleri yakınlaştırıp aralarındaki bağı güçlendirirken bazen de tam tersi ayrılmalarına sebep olur.

Sık sık tekrarlanan veya şiddet içeren tartışmalar çocuğumuzun üzerinde olumsuz bir etki yaratabilir mi?

Sık sık tekrarlanan veya şiddet içeren tartışmalarda, ebeveynlerin hiçbir şekilde anlaşma veya uzlaşma yolu bulamadığı bir ortamda; çocuk kendini güvende hissetmez. Eşlerden her biri kendi hatasını tam olarak görmez ve diğerinin ona hak vermesi için çabalar. Küçük kusurlar; büyük hatalara, evliliğin yıpranmasına veya bir aile dramına dönüşebilir. Bu noktada; küçük bir ihtar ile sadakatsizlik arasında hiçbir fark yoktur, her ikisi de diğer eşi yalnızlığa iter. Küçük şeyler için birbirlerinden nefret etmeye başladıklarında ise diğer eşin; evlilik veya aile hayatı için bir engel teşkil ettiğini kanıtlamaya çalışırlar. Bu durum; eşlerinin birbirlerine duydukları sevginin, aşkın bittiğini gösterir. Bazen de ebeveynlerden biri, eşinin karşısında daha güçlü bir konumda olmak için çocuğunu koz olarak kullanır. Bu çocuğa zarar veren bir davranış şeklidir. Saldırı, şiddet, diğer eşi kötüleme, çığlıklar; çocuğu sarsan olumsuz bir ortam yaratır. Tartışmaları saklamaya çalışsak bile, olumsuz ve gergin bir havanın hâkim olduğu evde, çocuk; anne ve babasının üzüntüsünü hisseder. Çocuk, kişiliğinin oluşumuna göre; kaybeden, ağlayan, zayıf olanı ya da kendini savunan, baskın olan taraflardan birini örnek alıp onunla özdeşleşebilir. Hatta bazı çocuklar, bu davranışları evde ya da okulda sergilerler. Yetişkin olduklarında ise gerek evlilik ve gerekse aile hayatlarında acı çekebilirler.

Hiçbir sebep olmadan; şiddetli anlaşmazlıklar patlak veriyor, en ufak bir şey tartışma nedeni olabiliyorsa böyle bir ortam çocuğu çok korkutur. Ailesinin ayrılacağından, her iki ebeveynini kaybedeceğinden ya da onların öleceğinden korkan çocuk, uykusunda kâbuslar görebilir. Bazen çocuğun sergilediği depresif veya şiddet içerikli davranışlar, onun ne kadar üzüldüğüne ve tüm bunlara ne kadar sıkıldığına işaret eder. Öte yandan; tüm enerjilerini bu tartışmalara veren ebeveynler, çocuklarıyla ilgilenecek zamanı ve gücü bulamadıklarından, çocuk korkuları ve endişeleriyle tek başına kalır.

Tartışmalarımızdan dolayı kendini suçlu hisseden çocuğa ne söylemek gerekir?

Çocuk tartışmalara tanık olduğunda, tartışma sebebi kendisi olsa bile, ona nazikçe "Bizim tartışmamız seni ilgilendirmez, sen bize yardım edemezsin. Bu ikimizin arasında olan bir şey, anlaşmaya varması gereken bizleriz." diyerek onu tartışmalardan uzak tutmak çok önemlidir. Eğer tartışma çocuğu ilgilendiren bir kararla ilgiliyse "Biz aramızda konuşup anlaşalım, aldığımız kararı sonra sana söyleriz." demek çok önemlidir. Böylece çocuğun; tartışmalardan uzak tutularak rahatlaması ve kendini suçlu hissetmemesi sağlanmış olur.

Eğer tartışmalar çok sık yaşanıyorsa çocuk; ebeveynlerden birine veya her ikisine de arabuluculuk yaparak ya da birinden birini cesaretlendirerek yardım elini uzatır. Bu durumda çocuk; anne ve babasına daha sakin konuşmalarını söyleyebilir ya da artık hiç dinlenilmeyen kendi üzüntü ve endişelerini tetiklememek ve tartışma sebebi olmamak için çok uslu davranmaya özen gösterir.

Eğer başarılı olamazsa ve tartışmalar devam ederse çocuk kendini suçlu hisseder. Ailesiyle gereğinden çok ilgilenen, onları sakinleştirip barıştırmak isteyen çocuk; kendi çocukluğunu yaşamaya fırsat bulamaz ve yaşından önce büyür, olgunlaşır. Son derece kaygılı olan çocuk; evin büyüğü gibi hareket ederek, nasihatler veren, mantıklı ve uzlaştırıcı bir rol üstlenir. Aileler ise bir yetişkin gibi davranıp her iki ebeveynine de olgunlukla yaklaşan, çocuklarıyla gurur duyarlar... Kendi dünyalarından çok yetişkinlerin dünyasına ait olan bu çocukların; omuzlarındaki yük çok ağırdır ve tartışmaları sona erdirmeyi başaramadıklarında ise kendilerini daha fazla suçlarlar.

Bazı aileler; çocuklarının gelişimi için gerekli olan endişesiz ve kaygısız bir hayatı, onlardan çaldıklarının farkında olmazlar. Zamanından önce olgunlaşarak çocukluk döneminden çok erken çıkan çocuk; depresyona ve üzüntüye daha çok eğilimlidir. Takındığı olgun tavırlar; aslında korkularını ve endişelerini bastırmak içindir. Daha sonraları, bir yetişkin olduğunda, kendi evliliğinde de sorunlar yaşayabilir. Evlilik hayatımızın kumandasını ele almalı, çocuğumuzu ait olmadığı sorunların içine çekmemeliyiz. Tüm bunaltıcı ve üzücü tartışmalardan onu uzak tutmalı ve en önemlisi çocuğumuzla açık açık konuşmaktan asla kaçınmamalıyız.

Ya çocuk ebeveynlerinden birinin tarafında yer alırsa, ona ne söylemek gerekir?

Eğer çocuk; anne ya da babasının yanında yer alıyorsa bu, büyüklerin sorunlarının dışında kalması konusunda, onunla yeterince açık konuşmadığınızı gösterir. Bazen de ebeveynlerden birisi; bu durumdan faydalanıp, çocuğun kendi tarafında yer almasını ister. Anne ya da babasıyla; diğerine karşı işbirliği yapmak, çocuk için tehlikeli ve zarar veren bir durumdur. Bir taraftan çocuk; kendine özgü ve gelişimi için gerekli olan kavgalarını yaşayamaz ve her iki ebeveyni ile de sağlıklı bir ilişki kuramadığı için onlarla paylaşamaz. Ebeveynlerden birini ideal, diğerini ise kötü ve tehlikeli olarak görür. Kafasında kurduğu bu şemada; iyi ve kötünün yerlerini, içinde bulunduğu duruma göre başka insanlar alabilir. Örneğin dünyasını dost ve düşman olarak ikiye ayırır. Hatta çocuk, davranışlarını kısıtlayan çelişkili düşünceler de edinebilir.

Diğer taraftan da ailesinin beklentileri; çocuğun kendi istek ve düşüncelerinin önüne geçerse ilerde yanlış yollara sapabilir, kötü arkadaşlıklar, kötü ilişkiler kurabilir.

Üzgün ya da sinirli bir ebeveyn için; eşiyle arasında yaşanan evlilik sorunlarından, çocuğunu uzak tutmak çoğu zaman kolay değildir. Çünkü insanın canını yakan acı ve üzüntü, eşine beslediği aşkı ve sevgiyi bitirir. Eğer çocuk; ebeveynlerinden birini koruyup, diğerine karşı cephe alıyorsa korunan ebeveyn kendini daha az yalnız hisseder. "İyi ki çocuğum var, bana destek oluyor, beni savunuyor, beni anlıyor..." şeklinde ki düşünceler; ailesinin işlerine karışma ya da onları eleştirme görevi olmayan çocuğun ihtiyaçlarını ihmal etmeye yol açar. Bu tarz cümleler; çocukları kötü yönde etkiler. İnsanın eşine karşı beslediği sevgi ile çocuğuna karşı beslediği sevgiyi ayırt etmesi gerekir. Her zaman kolay olmasa da her iki ebeveynini de sevmesi için çocuğu özgür bırakmak en doğrusudur.

Ergenlik dönemindeki bir çocuk, anne ve babası arasında yaşanan sorunları daha kolay anlayabilir mi?

Ergenlik çağındaki bir çocuğun; ailesiyle konuşmaya, onlar tarafından dinlenilmeye ihtiyacı vardır. Aynı zamanda da ebeveynlerin de gerekli otoriteyi sağlamaları gerekir. Aile içinde tutarlılık, gencin ergenlik dönemini atlatması için şarttır. Büyük tartışmalar yaşandığında, ebeveynler farkında olmadan genci ihmal edebilirler. Kendi sorunlarıyla baş başa kalan genç, kendini yalnız hisseder. Bu durumda, ergenlik çağındaki çocuk; ebeveynlerinin arasındaki sorunları çok da anlamaya çalışmaz ya da tartışmalardan kurtulmak için hiçbir dayanağı olmadan, kendini suçlu ilan edebilir. Bazen de bu ortamdan kaçmak için evinden ve ailesinden, zamanından önce uzaklaşır ya da ailesinin tartışmaları arasında kendini hapsolmuş hisseden genç; kendi yolunu çizmek yerine, tartışmalardan kurtulmak için belli bir dönem ebeveynlerinden birini şiddetle savunabilir. Gencin her şeye karşı çıkışları, şiddetli veya bunalımlı hali ebeveynlerin arasındaki tartışmayı daha da kızıştırıp kuvvetlendirir. Çocukları, ergen gençleri ve ebeveynleri kırılgan bir hale sokan böyle gergin durumlarda, bir uzmana başvurup yardım alınması önerilir. Bazı kültürlerde ailenin bir üyesi eşler arasında uzlaşma sağlamak amacıyla arabuluculuk yapar. Çok ciddi tartışmalarda ise bir psikoterapiste veya bu alanda uzman olan birine danışmak gerekir.

Bir çocuğa anne baba arasındaki sevgi ile aile sevgisi arasındaki farkı nasıl anlatmak gerekir?

Bir çiftin evlilik kararı almasını sağlayan aralarındaki sevgidir. Taraflar aynı aileden olmadıkları için onları sevgi dışında hiçbir şey bir arada tutamaz. Eğer çifti bir arada tutan sadece çocukların varlığıysa bu, bir çift olmak için yeterli değildir. Aralarındaki sevgi sona erdiğinde, onlar artık bir çift olmazlar. Onlar; sadece çocukları için bir arada yaşayan ebeveynlerdir.

Öyleyse çocuğa; anne baba arasındaki sevgi ile aile ve çocuk sevgisi arasındaki farkı anlatmak gerekir. Bir ebeveyni çocuğuna bağlayan sevgi ile eşlerin birbirlerine duydukları sevgi aynı değildir. Çocuğu dünyaya getiren ya da onu evlat edinen ebeveyn, kendini bu küçük insandan sorumlu hisseder. Ebeveyn; çocuğuna beslediği sevgi ile tüm hayatı boyunca sürecek olan sorumlulukları, sevinçleri, görevleri seve seve kabul eder. Ebeveyni çocuğuna bağlayan basit bir istek değil, ömür boyu sürecek olan çok daha güçlü bir bağdır. Bu hem çocukla hem de toplumla yapılan bir anlaşmadır. Çocuğu sevgi dolu bir ortamda, ihtiyaçlarına cevap vererek yetiştirmek, ebeveyn için gerçek bir mutluluk ve gurur kaynağıdır. Yıkılmaz ve güçlü bir bağla her iki ebeveyn de çocuğuna bağlıdır. Bu koşulsuz büyük sevginin yanı sıra çocuk; geniş anlamda aileye ve atalarına da bağlıdır. Ailenin soy ağacına kaydedilen çocuk, ailenin mirasçıları arasında da yerini alır.

Çocuğa karşı beslenen sevgi; bitip tükenmeyen türden olmasına rağmen, eşler arasındaki sevgi yıpranabilir, tükenebilir bazen de ayrılıkla sonuçlanabilir. Eşimizi artık sevmiyorsak ondan ayrılabilir ve yeni bir eş bulup yola onunla devam edebiliriz. Yeni eş ile beraber hayatımızda yeni bir sayfa açılmış olur. Ama anne ve babanın çocukları ile olan bağları asla kopmaz. Yeni çiftler çocuğa tekrar bir aile ortamı sağlayabilirlerse de biyolojik anne ve baba çocukların hayatındaki yerlerini korumaya devam etmelidirler. Anne veya babanın çocuklarını terk etmeleri çok sık rastlanan bir şey değildir, böyle bir duruma ancak çok büyük üzüntüler veya acılar sebep olabilir.

Ebeveynlerden birisi diğerinin rolünü de üstlenebilir. Kendini haklı çıkarmak için de sürekli evliliklerini kötüleyebilir. Ama aile bağları yönünden, bu durumdan en çok zarar gören yine çocuk olacaktır. Evlilik bitse bile ailevi bağların unutulmaması, çocuk için bir sevgi kanıtıdır. Ayrılan eşlerin birbirlerine yabancılaşması, hayatları boyunca çocuğun anne ve babası oldukları gerçeğini değiştiremez.

Çocuğun sorduğu sorular

"Neden tartışıyorsunuz?"

"Birlikte yaşama" sanatının; farklılıkların ve ortak sevgi üzerinde beraberce ilerlemek olduğunu, çocuğunuza anlatmak çok önemlidir. Farklılıklar; bazen anlaşmazlıklar ve tartışmalar yaratabilir. Barışmalar ve özür dilemeler; çiftlerin arasında olması gereken sevgiden kaynaklanan hediyelerdir. Seven insan çabuk affeder ve küçük tartışmalar sonunda tatlıya bağlanır. Hatta her birinin kusuru, diğerine bir zenginlik gibi gözükür. Farklılıkların ortaya konması; sağlığın ve iyi bir ruh hâlinin işaretidir. Bir tartışmayı; geri çekilerek incelemek, hakkında konuşabilmek, diğerinin bakış açısını anlamak; çocuğa, dinleyerek ve karşılıklı düşüncelerini sunarak üçüncü bir yol bulunmasının mümkün olduğunu gösterir.

Bir çocuk öfkesiyle başa çıkabilir. Örneğin: itaat etmesi gerektiğini veya istediği bir şeyin reddedilebileceğini ilk yaşlardan itibaren anlayabilir. Özelikle ebeveynler; çocuğun yanında olup onunla ilgilenirler, sevgi ve şefkat gösterip güvende olduğunu hissettirirlerse çocuğun büyümesine yardımcı olan bu küçük krizler daha kolay atlatılır. Özellikle hepimizin bildiği ergenlik dönemi krizleridir. Aileyle yaşanan anlaşmazlıklar; ergenlik dönemindeki gence, geleceği ile ilgili önemli bir dönemeci geçmesine yardımcı olur. Örneğin; üç yaş civarında, kreşe veya anaokuluna gitmek için başlayan tartışmalar ve zıtlaşmalar ya da üzüntü ve korkular çocuğun gelişimi ve hayata dair bir şeyler öğrenmeye başlaması için gerekli ve faydalı evrelerdir. Ebeveynler; hâkim gibi davranmak yerine, çocuğun gelişiminin farklı aşamalarında ortaya çıkan bu küçük krizleri kabullenmelidirler. Çocuk içinde boğulmadan kendi iç dünyasını, anne ve babasına rahatlıkla ifade edebilmelidir. Bununla birlikte, küçük yaştan itibaren uyulması gereken kuralları ve yerine getirmesi gereken görevleri de öğrenmek zorundadır. Bu öğrenme süreci krizleri yatıştırırken, çocuğa özveri becerisi de kazandırır.

Bölüm 3

Fiziksel ayrılık: Boşanma

Anne ve babalar; her ne kadar ayrılığın zorluklarını yaşıyor olsalar da yine de çocuklarının istek ve ihtiyaçlarına kulak vermek zorundadırlar. Çocuğu sakinleştirecek, “Biz; yani annen ve baban, seni korumaya ve yetiştirmeye devam edeceğiz.” gibi cümleler söylemek -mümkünse beraber- çok önemlidir.

Çocuğa anne ve babasının ayrılacağını nasıl söylemek gerekir?

Çocukları; yaşlarına göre farklı şekillerde bilgilendirmek gerekir. Mantıklarını kullanan yedi yaş ve üzeri çocuklar konuşmaya hazırdırlar, size sorular soracaklar, açıklamalar bekleyeceklerdir. Yedi yaşından küçükler; yaşanılan durumun, ayrıntıların pek farkında olmasalar da yine de basit kelimelerle ayrılık kararını açıklamak ve diğer ebeveynle artık aynı evde yaşamayacaklarını anlatıp, onları bu yeni duruma ikna etmek çok önemlidir.

Ayrılık kararını çocuğa bildirmek için yaratılan ortam da büyük önem taşır. En iyi yol; anne ve babanın tartışmayı bir kenara bırakıp, aldıkları ayrılık kararını çocuğa birlikte söylemeleridir. Çocuğa ayrılık haberinin ne şekilde verileceği, hangi kelimelerin vurgulanacağı önceden birlikte kararlaştırılmalı ve bu zor haber birlikte verilmelidir. Çocuğu üzen ve endişelendiren tartışma ve kavgalarla geçen bir dönemden sonra, kararı sakin bir şekilde bildirmek önemlidir. Çocuğa; evlilikte eşlerin birbirlerine duyduğu sevginin bittiği, hayata dair isteklerin ve beklentilerin artık farklı olduğu açıklanabilir. Çocuk; her ne kadar kendisine zor gelse de tüm bunları anlayabilir, bir ömür boyu sürmesi arzu edilen evliliğin sona erdiğini kavrayabilir.

Önemli olan; çocuğun bu ayrılıktan kendisinin sorumlu olmadığını anlamasıdır. Çocuğu ilgilendiren; anne ve babasının evliliği değil, anne ve babasının kendisi ile olan bağlarıdır.

Çocuk için en zoru, ebeveynlerinin sorunlarına çözüm bulamamaları ve anlaşmazlıklardan dolayı acı çekmeleridir. Biri gitmek istediğinde diğeri kalmak ister ya da biri diğerini kötülediğinde; çocuk sarsılır, üzülür ve bu olay hafızasında yer eder. Çocuk; uzlaşma veya barışma ile sonuçlanmayan tartışmalara tahammül etmekte zorlanır. Bir yetişkin olduğunda ise eşiyle bu tarz sorunlar yaşayabilir.

Bu zor zamanlarda, eşler birbirlerine yardım edip, tartışmayı bir kenara bırakmalıdırlar; aksi takdirde çocuklarına ayrılacaklarını söylemeye bile zaman bulamayabilirler. Eşler; yakınlarına veya uzmanlara danışıp, doğru sözcükleri birlikte bulmaya çalışmalıdırlar. Tarafsız ve eşlerden birini suçlamayacak üçüncü bir kişi bulmak da yararlı olabilir. Çocuk; bu karşılıklı konuşma sürecine ihtiyaç duyar. Bu haber çocuk için her iki ebeveyninin artık bir çift olmayacağı; yeni bir hayat, yeni bir çıkış noktası demektir.

Anne ve baba çocuğa açık açık her şeyi anlatmalı mı; yoksa geçici bir süre için gerçeği saklamalı mıdır?

Yaşı ne kadar küçük olursa olsun çocuk; ayrılma veya boşanma öncesi, evdeki farklı havayı hisseder. Çocuğun; her hâlükârda hissettiği gerilimli havayı, saklamaya çalışmak boşunadır. Aksine konuşarak; örneğin, yetişkinlerin iletişim kurmakta ne kadar zorluk çektiklerini anlatarak, özellikle de bunun eşler arasında önemli olduğunu belirterek, çocuğun tüm bunların dışında kalması gerektiğini söylemek gerekir. Kesin karar alındığında; çocuğun kişiliğine ve hassaslığına uygun bir dille, anne ve babasının bir arada yaşamalarının ne kadar zor olduğunu anlatılmalıdır. Böyle bir konuşmadan sonra sergilenecek davranışlar çocuktan çocuğa farklılık gösterir. Bazıları her şeyi anlamak, öğrenmek ister. Çocuk aklıyla; anne ve babasına yanıldıklarını, böyle bir şey yapmamaları gerektiğini göstermeye çalışırlar. Kafaları karışan bazı çocuklar; kendilerini daha uslu ya da daha hırçın davranarak ifade ederler. Diğerleri ise içlerine kapanıp acı çekerler ya da ebeveynlerinin konuşma isteklerini reddedip "Bu sizin sorununuz, beni ilgilendirmez!" diyerek kayıtsız kalırlar.

Çocuğu bilgilendirmek gerektiğini daha önce söylemiştik. İlave olarak doğru zamanı bulmak ve öfke nöbetine kapılmadan ayrılık kararını bildirmek gerekir. Eğer ebeveynler, yeterince zor olan ayrılık kararını kesinleştirmemişlerse tereddütleri varsa beklemek daha iyi olur. Bu tereddüt anlarında çocuğa; evlilikte bazı sorunlar yaşadıklarını ve zorluk çektiklerini, ayrılığa hiç değinmeden anlatmak gerekir.

"Şu sıralar babanla bazı sorunlar yaşıyoruz ama merak etme, her ikimiz de sorunları çözeceğiz ve aldığımız kararları sana da bildireceğiz." gibi cümlelerle çocuğa açık açık ve mümkün olduğunca sakin bir şekilde durumu açıklamak önemlidir. Çocuk, anne ve babasının bu tarz konuşmalarından sonra rahatlar. Ayrılığın en az zararla atlatılması sadece ve sadece yetişkinlerin davranışlarına bağlıdır.

Çocuk açıklama istediği takdirde konuşmak çok önemliyse de her şeyi söylemek ya da her şeyi saklamak iyi bir çözüm yolu değildir. Bazen olayların gidişatı, eşlerin arasındaki sevgisizliği belli eder ama ebeveynlerin aynı açıklamayı mümkünse benzer sözcükler kullanarak yapmaları tercih edilen bir yöntemdir. Bunun için de eşlerin önceden aralarında konuşup hazırlanmaları gerekir. Her biri aynı yoldan giderek, kendi tarzlarında sevgi ve sevgisizlikten bahseder. Örneğin çocuğa ayrılmayı babasının istediği söylenebilir: "Baban başka bir kadını seviyor. Beni tekrar sevmesi için ona baskı yapamayız. Kesinlikle emin olduktan sonra bu ayrılık kararını verdik." Ama aynı zamanda, ne kadar üzücü olursa olsun yine de diğer ebeveynin tercihine saygı duymak gerektiği, tekrar sevmesi için baskı kurulamayacağı çocuğa açıkça anlatılmalıdır. Bizim de sonsuza kadar yitirilmiş bir aşkı tekrar bulamayacağımızı anlamamız ve intikam almayı düşünmeden, olayı kabullenmemiz en doğru davranış olacaktır. Ebeveynin seçimine saygı duyulması gerektiği, her zaman kolay olmasa bile, özellikle terk edilen ebeveyn tarafından çocuğa söylenmelidir.

Ebeveyn; çocuğa, artık annesini veya babasını sevmediğini söylemeli midir?

Ayrılığın en klasik açıklaması: Anne ve babası arasındaki sevginin zamanla azalıp sonra da bittiğinin çocuğa anlatılmasıdır. Genellikle üzücü, bazen de pişmanlık dolu, bize acı çektiren bu olay, mağdur olan ebeveynin diğerine karşı kullanacağı bir koz hâline getirilmemelidir. Eğer eşler, birbirlerine çektirdikleri acıları kabul etmezlerse ayrılıkta mutlaka şiddet yaşanır. Çocuklara, özellikle de yaşı küçük olanlara; bir zamanlar eşlerin arasında var olan sevgiden bahsetmek gerekir: "Biz birbirimizi sevdik, sevgimiz o kadar büyük ve güçlüydü ki birlikte yetiştirmek için çocuklarımız olsun istedik." Ama eşlerin arasındaki sevgi bitebilir, hatta bu bazen çok hızlı da olabilir. Bu durumda eşlerden biri boşanmayı önerebilir. Ayrılık, eşlerin ortak kararı olmalıdır. Aşk, sevgi eşleri bir arada tutan en büyük etkendir. Eğer evlilikleri sevgi ile beslenmiyorsa artık yola birlikte devam etmenin de bir anlamı kalmaz.

Çocuk her yaşta ama farklı sözcüklerle, ebeveynlerini bir arada tutan şeyin aralarındaki sevgi olduğunu anlayabilir. Hatta en küçükleri bile "aşkın, sevginin" ne olduğunu bilirler.

Acaba çocuk, ayrılığımızı kendisine yapılan bir ihanet olarak mı görür?

Eğer çocuğa ayrılığı iyice anlatabilmişsek, eğer diğer ebeveyne geri dönmesi için sürekli baskı yapmıyorsak, eğer diğer ebeveyni suçlamadan veya ondan intikam almaya çalışmadan, acıları ve üzüntüleri aşmayı başarabildiysek ve aynı şekilde, bu dönemin çocuğumuz için de acılı ve üzüntülü olduğunu, ayrılığın onun için de kolay olmadığını kabul edersek çocuk bu süreci kendini aldatılmış ya da yıkılmış hissetmek yerine daha rahat kabullenecek ve atlatacaktır.

Eğer çocuk bu süreçten olumsuz etkilenmişse bunun sebebi ebeveynlerden birinin diğerini kötülediğinde, bu davranışın çocuğun zihninde yer etmesindendir. Küçük bir kız, "Babam bizi terk etti," diyerek annesinin yaşadığı depresyonu yansıtabilir, ya da küçük bir erkek çocuğu, "Annem çok bağırıyordu, bu da babamın evden gitmesine neden oldu," diyerek babasının annesini kötülediği konuşmayı kopyalayabilir.

Genellikle kendini aldatılmış hisseden ebeveyn, bilinçli veya bilinçsiz olarak çocuğa bu duygularından bahseder. Hatta bazıları, çocuğu kullanarak diğer ebeveyni suçlar, "Çocuğumuz bu ayrılıktan çok kötü etkilendi, hayatın boyunca da bunu senin yüzüne vuracak!" Bu tarz konuşmaların çocuğun zihninde yer edeceğini unutmamak gerekir.

Anne ve babanın yaşadığı acının ağırlığını çocuğunun da taşımaması için ne yapmak gerekir?

İlk başlarda hissedilen acıların nedeni; ideal bir çift olma, mutlu bir aile yaratma hayallerinin yok olması, evliliğin başarısızlığa uğramasıdır. Kuşkusuz bu başarısızlığın, her iki ebeveyn tarafından da kabul edilmesi önemli bir gerekliliktir.

Eşler; aynı kendi anne ve babası gibi ideal bir çift olmak ya da çocukluk dönemleri, mutsuz bir aile ortamı içinde geçmişse çok daha mutlu bir aile sahibi olma istekleri ve daha bir çok nedenden dolayı evlilikten çok şey beklemiş olabilirler. Eğer çocukluk dönemi; anne ve baba arasında ya da ailede yaşanan gerginlik ve anlaşmazlıklardan dolayı acı verici olmuşsa kendi evliliğinde de benzer sorunlar ve başarısızlık, eşe çok daha acı verir ve bunu aşması daha zor olabilir. Eşin kendi evliliğinde yaşadığı acı ve sıkıntı o kadar zorlayıcıdır ki, bir de buna çocukluk döneminde yaşadığı üzüntülerin eklenmesiyle iki kat sıkıntıyla baş başa kalan eş için bu durum katlanılmaz hale gelebilir.

Kendimize; çocuklarımızın bizim yaşadıklarımızı yaşamamaları, gelecekteki ailelerine de bu sancıları yansıtmamaları için ne yapmamız gerektiğini sorabiliriz. Çocuğun yaşadığı bu incitici deneyimleri geleceğe taşımasını en az düzeye indirmek için, hayal kırıklığı ve yoksunlukla beslenen gerçeğe yavaş yavaş ulaşmasını sağlamak gerekir. Birinci bölümde anlattığımız gibi çocuğun, daha en başında yavaş yavaş bu rüyadan uyandırılması hayatın gerçekleriyle daha kolay başa çıkabilmesini sağlar.

Çiftlerin ayrılması aşamasında, çocuğun kendini suçlaması, utanç duyması ve başkalarıyla olan ilişkilerine de hislerini aktarmasının nedeni ebeveyninin çektiği acıyı ve bu acının davranışlarına yansıdığını fark etmesinden kaynaklanır.

Çocuklar; etraflarında iyi veya kötü olan biten her şeyden kendisini sorumlu olarak görürler. Çocukların sergilediği bu davranış şekli, ebeveynlerine olan bağlılığından ve çocukluk dönemine özgü kırılganlıktan kaynaklanır. Doğumundan itibaren, anne ve baba tarafından maddi ve manevi her ihtiyacı karşılanan, bebekliğinde bir hareketiyle, bir çığlığıyla anne ve babayı yanına koşturan çocukta, büyüdüğünde de daima bebeklik döneminden izler kalır. Belki de çocuk; anne ve babasının çektiği sıkıntıları paylaşacak, göğüsleyecek kadar güçlü olduğuna inanır. Ama bir zamanlar ideal olarak gördüğü, dağılan ailesinin desteğini yeniden bulmaya çalışması daha büyük bir olasılıktır.

Bunu önlemek için ebeveyn; ayrılığı, hayatın bir gerçeği olarak ele alıp mücadele etmelidir. İlk baştaki acı ve onu takip eden öfkeden sonra ebeveyn; yeni faaliyetler edinebilir, yeni insanlarla tanışabilir, böylece maddi ve manevi bakımdan hayatını en iyi şekilde idame ettirmeye çalışabilir.

Bu olumlu gelişmeleri gören çocuk rahatlar ve kendini ebeveynlerinin sıkıntılarını taşımaya mecbur hissetmez. Daha önce de belirttiğimiz gibi, tüm bunlar ancak ebeveyn endişelerinin üstesinden gelebilirse kendini birine bağımlı hissetmezse ve bu durumu yeteri kadar olgunlukla karşılayabilirse gerçekleşir. Ebeveyn kendi kederiyle başa çıkabilmeli ve üzüntüsünü taşımayı bilmelidir. Çocuğunun kollarında ağlamak yerine, gözyaşlarını kimseye göstermeden tek başına ağlamalıdır.

Ergenlik döneminde bir çocuk ayrılığı daha mı kolay atlatır?

Şiddetin baskın olduğu bir ortamda bulunmaktansa ayrılık tabii ki daha iyidir. Ama çocuk için hiç bir yaş dönemi ideal değildir. Küçük çocuklar için aile; gelişim sürecindeki ihtiyaçları olan güven ve şefkati temsil eder. Kaçma şansı olmayan küçük bir çocuğu aile kolaylıkla "rehin" alabilir. O hâlde; yaşları küçük olan çocuklar için bu daha zorlu bir sınavdır.

Ergenlik döneminde çocuk, ailesinin bir arada olmasına daha az ihtiyaç duyar. O yüzden ayrılık sürecini de daha kolay atlatır. Aile ortamını ve ebeveynlerin çocuğu tartışmalara ne şekilde dahil ettiklerini de göz önünde bulundurmak gerekir. Güvenli aile kabuğundan çıkıp geleceğe doğru ilerlemek isteyen çocuk, kendini ebeveynlerinin sorunlarının tam ortasında bulabilir. Oysa ki ergenlik dönemi, gencin ailesi tarafından dinlenilmeye ve desteklenmeye en çok ihtiyaç duyduğu hassas bir dönemdir. Ergenlik krizini atlatmak için çocuk, kendi kimlik arayışına yardımcı olabilecek ve onu seven ebeveynlerine karşı mücadele edebilmesi için sağlam bir aileye ihtiyaç duyar. Ergenlik dönemindeki çocuğun, kendi kişiliğini vurgulayabilmesi için ailesiyle ters düşmeye ve hiç çekinmeden onlarla tartışmaya ihtiyacı vardır. Bu yaş dönemi için son derece normal olan kendi isyanından ve kendi kavgasından, ebeveynlerinin kırılgan ilişkilerini korumak için vazgeçmemelidir. Ergenlik dönemindeki çocuğun tutarsız kavgaları olumsuz bir davranış değil, aksine kendi kanatlarıyla uçmak için yaşaması gereken bir süreçtir.

En az üzüntü veren yaş dönemi; ilk çocukluk ve ergenlik dönemi arasındaki altı ila on yaş arasıdır. "Gizlilik" diye adlandırdığımız bu dönemde ihtiyaçlar daha az ortaya çıkar. Ama çocuğun hiç yara almayacağını düşünmek de çok büyük bir hata olur. Bu yaş döneminde çocuk daha az sarsılmış görünse bile, eğer ebeveynler bu durumu iyi yönetemezlerse çocuk bir yetişkin olduğunda, geçmişte yaşadığı güvensizlik ve korkular kendini gösterecektir.

"Başarılı" ayrılıklar var mıdır?

Eğer sakin bir ortam yaratılıp, ebeveynler çocukla birlikte konuşurlarsa, çocuğun kimde kalacağı konuları, boşanma işlemleri, eşler birbirlerini incitmeden düzenlenirse çocuk üzülmeyecek ve sarsılmayacaktır. Stresli ve şiddet içeren ortamlarda bulunmayan ve her iki ebeveyni ile olumlu şartlar çerçevesinde birlikte olan bazı çocuklar ayrılığın yükünü daha rahat kaldırabilirler. Yeni hayatları için hevesli ve heyecanlı olan iki çocuğun aralarında geçen konuşma da bize bunu doğruluyor:

- Benim iki evim olacak! Benim de iki evim ve iki odam olacak.! Benim ayrıca bir de erkek kardeşim olacak! Benim de iki erkek kardeşim olacak!

Anne ve babasının ayrılığından dolayı acı çekmeyen çocuk, yeni hayatının olumlu yönlerini görebilir. Ayrılık; eşler arasında üzüntü ve acı yaratsa bile çocuklar için durum her zaman aynı olmayabilir.

Çocuğun sorduğu sorular

"Sana yaptıkları için ondan nefret ediyorum!"

Yaşananlar hakkında çocukla konuşabiliriz ama önemli olan çocuğa diğer ebeveyni kötülememektir. Bu ayrılıkta eşimizin daha çok hatası olduğunu bilsek bile bunu çocuğa yansıtmamalıyız, çünkü insanın eşini karalaması, çocuğunun da bir parçasını yıkması anlamına gelir. Eğer çocuğumuzu seviyorsak onun anne ve babasına olan sevgisine saygı duymamız gerekir. Biz sadece eşimizin olumsuz yanlarını görsek bile bunu çocuğumuza yansıtmamalıyız. Tam tersine, bizim için kolay olmasa da "Her ikimiz de acı çekiyoruz, birimizden biri bağırdığında kızmaman gerekir," ya da "Baban artık bizi görmek istemiyorsa şu sıralar çok acı çektiği içindir," veya "Annenin bizi terk etmesine ben kızabilirim; ama sen asla!" gibi cümlelerle, çocuğun diğer ebeveynine olan sevgisini desteklemeliyiz. Onun; anne veya babasına ya da her ikisine ait olan boşanma kararının, eleştirilecek değil, zamanla kabul edilecek bir durum olduğunu anlamasını sağlamamız gerekir.

"Benimle de boşanacak mısın?"

Eğer çiftler artık anlaşamıyorlarsa bir arada yaşamanın temeli sevgi bittiyse ayrılık kaçınılmaz olur. Ama çocuklar ailelerini boşamazlar... Boşanan ebeveynlerdir. Bu durumdan korkan ve endişelenen çocuk şöyle sorular sorabilir: "Acaba annem ve babam beni artık hiç sevmiyorlar mı? Acaba beni de terk edecekler mi? Benimle boşanmayacaksın değil mi?" Ayrılık sırasında, anne ve babası arasında yaşanan şiddetli tartışmalarda çocuk annesine veya babasına bu tarz sorular yöneltebilir. Anne ve babasının ayrılacağı fikri, çocuğun aklına kendisinden de mi ayrılacaklar sorusunu getirebilir. Hayır!.. Anne ve babalar çocuklarından asla ayrılmazlar. Bu gerçeği çocuğun aklına sokarak, iyice anlamasını sağlamak çok önemlidir. Mahkeme; çocuğun diğer ebeveynle görüşmesi için belirlenmiş bir zaman ayırsa bile bu durum çocuğun diğer ebeveynden temelli ayrılacağı anlamına gelmez, çünkü aralarındaki manevi bağ asla kopmaz.

Ebeveynlerin kötü tutumları, çocuğa karşı açık konuşmayarak, "Baban seni terk etti." ya da "Annen bizi bırakıp gitti." gibi kışkırtıcı cümleler kullanmak çocukta kuşku uyandırır. Anne veya baba; ayrılık sürecinde karışıklıklar yaratıp, çocuğu kendine saklamak isteyebilir. Ebeveynlerden birinin daha çok acı çektiği veya daha hassas olduğu bu durumlarda, çocuğu diğer ebeveyni ile de boşanmaya itmiş olur. Bu, eşlerin; boşanmasının yarattığı acıyı silme tarzlarından biridir. Eğer ailenin yeniden bir düzenleme yapması gerekiyorsa çocuk, anne veya babasıyla olan bağının asla kopmayacağını bilmelidir.

Bölüm 4

Ya sonra? Yeni bir hayat kurmak, yeni çıkış noktaları aramak...

Ayrılık yetişkinleri ilgilendiren bir karardır. Çocukların alınan ayrılık kararı ile hiçbir ilgilerinin olmadığını, evlilikte eşler arasındaki sevginin bitebileceğini ama anne ve babanın çocuklarına duydukları sevginin asla tükenmeyeceğini onlara hatırlatmak gerekir.

Geçiş süreci nasıl düzenlenmelidir?

Geçiş sürecinde; maddi açıdan, çocukların kapris ve dayatmalarına göre değil, temel ihtiyaçlarına göre hareket etmek gerekir. Örneğin; bundan sonra ikamet edilecek yeri seçmek, çocuğun vazifesi değildir. Yeni ikamet yeri, çocuğun da çıkarları düşünülerek ebeveyn tarafından seçilir. Bazen yeni bir ev bulana kadar, bir süre için eşler aynı çatı altında yaşamaya devam ederler ama boşanmış bir çift için bu durum oldukça zordur. Uzun sessizlikler, asabiyet, sitem, suçlama; eşlerden birinin kafasında tamamen her şeyi bitirmiş olan diğeri ile tekrar yakınlaşma çabası... gibi zorluklar yaşanabilir. Buna rağmen, ayrılmış eşlerin belli bir süre için büyük bir evi paylaşarak yaşamaları, onlar için de bir alışma dönemi olabilir. Çocuk için ebeveynlerden birinin temelli evden gitmesi ya da diğer ebeveynle kendisinin taşınması, simgesel olarak anne ve babanın bağlarının koptuğu anlamına gelir. Çocuk bu "iki arada" durumunu doğal olarak tam kavrayamayabilir. Onunla bu durum hakkında konuşarak birkaç öneride bulunmak yararlı olabilir. Devamında ise ebeveynlerin birbirlerine yakın evlerde yaşamaları, değişikliklerin ve gidişlerin olumsuz etkisini en aza indiren iyi bir çözüm yoludur, böylece çocuğun sorumluluğu da ebeveynler arasında paylaşılmış olur. Örneğin; ebeveynlerden biri çocuğu sabah okula bırakabilir, diğeri ise günün sonunda onu okuldan alabilir. Çocuğa gerekli olan eşyaları her iki evde de bulundurmak gerekmekle birlikte örneğin; spor çantasını ya da defterini ebeveynlerden birinde unuttuğunda, sorun çabuk ve kolay çözülür.

Eğer çocuk; her iki evde de kendine ait bir odaya sahip olursa eski oyuncaklarını ve sevdiği eşyaları yerleştirip kendine ait bir ortam yaratabilir. Çocuğun yaşı küçükse her iki evde de eski oyuncaklarını bulundurmak, eskiden olduğu gibi, onun aile ortamını hatırlamasına yardımcı olur. Yaşı daha büyük olanlar ise her iki evde de bırakacağı eşyaları kendisi seçer. Ayrılan eşler çoğunlukla daha küçük bir eve taşınırlar, dolayısıyla çocuğa ayrılan oda daha küçük olur. Bu durumda, eğer kardeşi varsa odayı kardeşiyle paylaşması gerektiği tekrar öğretilmelidir.

Çocuk açısından bu bir bocalama dönemidir. Ebeveynlere düşen görev ise onları dinlemektir. Seçimleri yetişkinler yapsalar bile çocuğu neyin üzdüğünü ve tasalandırdığını öğrenmek önemlidir. Çocuk; kendi iyiliği, hayatı ve maddi güçlükleri aşmak için uzlaşmaya çalışan ebeveynlerinin kararlarına uymak zorundadır. Ne istediği hakkında anne ve babasıyla konuşabilir, onlar da çocuğun bazı isteklerine cevap verebilirler. Reddettikleri şeyler için de çocuğa açıklamada bulunurlar: "Hayır, köpeğe evin içinde bakamazsın, onun bahçedeki kulübesinde kalması lazım, çünkü evin içinde dört dönecektir."

Bu ayrılıkla birlikte çocuk; evini, konforunu, kendisi için değerli olan alışkanlıklarını kaybeder. Başlangıçta sergileyeceği üzüntü, hoşnutsuzluk, somurtma halleri son derece doğaldır, çünkü çocuğun dengesini tekrar bulabilmesi için biraz zamana ihtiyacı vardır. Çocuğun hiçbir tepki göstermemesi, her şeyi sorgusuz sualsiz kabul ettiği anlamına gelmez. Aksine, psikanalistleri en çok endişelendiren sessiz ve tepkisiz kalan çocuklardır. Acaba kendi şaşkınlığını gizleyerek ebeveynlerden birini mi korumak istiyor? Acaba ebeveynlerinin duygularını, kendi hislerinin önüne mi geçiriyor?

Çocuklar mahkeme kararına ortak edilmeli midir?

Eşler arasında bir uzlaşma sağlanamazsa hâkim müdahale edip, genel olarak boşanma ve aile için en uygun çözümleri sunarak anlaşmazlıkları çözer. Bu karar ebeveynlerden birinin veya çocuğun hoşuna gitmese bile herkes için en iyi olanı belirten hâkimin kararına uymak zorundadırlar. Bazı durumlarda; bir sosyal sorumlunun veya bir psikoloji uzmanının, çocuğun geleceği için daha iyi bir çözüm bulunması amacıyla müdahale etmeleri de gerekebilir. Düşünme süreci olan bu zaman dilimi; çocuklarla yönelik düzenlemeler yapmak, okul, hafta sonları, tatiller, vesair gibi konuları konuşmak için de bir fırsat sunmuş olur. Burada önemli olan; insanların sadece kendi yararını düşünmesi durumunda yasaların, herkes için en iyi tercihleri yapmak için müdahale ettiklerini çocuğa gösterebilmektir. Hâkimin; eşler arasında yaşanan tartışmaların çok üzerinde olduğu, kanunların da ailenin tüm fertlerinin çıkarlarını gözeterek koruduğunu, çocuğun iyice anlaması gerekmektedir. Hâkim çocuğun kimde kalacağına karar vermek için bazen çocuğun düşüncesine başvurabilir ya da ergenlik çağındaki çocuğu dinleyebilir. Ama çocuğun düşüncesi mahkeme kararının önüne geçmez. En önemli delilller sunulsa bile son kararı hâkim verir. Hâkim kararını ebeveynlere bildirirken çocuğun orada bulunmaması gerekir. Ebeveynler; hoşlarına gitsin veya gitmesin, kanuna ve verilen kararlara uymak zorundadırlar. Bununla birlikte; ebeveynlerden biri, diğerinin çocuk için bir tehlike oluşturduğunu düşünüyorsa zaman kaybetmeden mutlaka hâkime bildirmelidir.

Ya çocuk diğer ebeveyni ile görüşmek istemezse?

Her ne olursa olsun yasalara uymak gerekir ama aynı zamanda iyi niyet de şarttır. Çocuk; babasına veya annesine gitmek istemediği zaman, belki de bu tepkisiyle, sanki hiç ayrılık olmamış gibi kendi evinde kalarak, anne ve babasının boşanmasını reddediyor olabilir. Bazen de ebeveynlerden birine, "tercih edilene" iyi görünmek için diğerine gitmek istemez. Çocuk açısından çok ciddi bir sorun gibi gözükmese de bu, ebeveyn açısından son derece önemli olabilir. Var olduğunu hissetmek ve kendinde olan bir açığı kapatmak için ebeveynin çocuğuna çok ihtiyacı vardır. Psikanalizde "narsist ebeveynler" diye adlandırılan bu kişilik yapısına sahip ebeveynler sadece kendi ihtiyaçlarına odaklanırlar.

Çocuklarına karşı, eşinin ailesi yokmuş gibi davranan genç anne Marina'nın durumunu örnek olarak verebiliriz: "Kocam; çocukları sürekli Alsace'a (Fransa'nın doğu sınırında bulunan bölgesidir) ailesinin yanına götürmek istiyor ama çocuklarım ona 'Bizim ailemiz Fransa'nın güneyinde yaşıyor,' diyorlar. Ben Fransa'nın güneyindenim ama inanın çocuklarımla bu tarz konuşmalar hiç yapmadık..."

Öte yandan Marina'nın, orada bulunan büyük oğluna "evin erkeği" diye hitap etmesi; küçük oğlunun, evin hep küçük çocuğu olarak kalacağını, yeni kocası konumuna geçen büyük oğlunun da her ikisiyle de ilgilenmesi gerektiğini ima ediyor. Bu konuşmadan diğer ebeveyni tamamen hayatlarından çıkardıklarını anlıyoruz. Sonra, bir gün Marina'nın bir erkek arkadaşı oluyor. On üç yaşındaki büyük oğlu durumu şöyle açıklıyor: "Annemin hayatında yeni biri var ama bu durum bizi sarsmaz; çünkü annemin dediği gibi baba, anneyle beraber yaşayan erkeğe denir..." Çocukluğunu yaşama hakkı olan bir çocuğu "ebeveynleştirmek" yanlış ve üzücü tavırlardır.

Ebeveynler ayrıldığında, içlerinden biri (ya da her ikisi de) diğeri için deli, kötü, vs. olduğunu söyleyerek gerçeğe aykırı iddialar da ortaya atabilir. Bu tarz konuşmaların nedeni diğer ebeveyni bertaraf etme çabasıdır. Bazen de ebeveynlerden birinin gücü gerçekten tükenebilir, kendini bitkin hissedebilir ama buna uzmanlar kara verir, diğer ebeveyn değil...

Çocuğa dönüşümlü bakma konusunda daha yapıcı çözümler var mıdır?

Çocuğa dönüşümlü bakma konusu her zaman uygulaması kolay bir yol değildir, çünkü her iki ebeveynin evlerinin okula yakın olması, her iki evde de çocuk veya çocuklar için yeteri kadar yaşam alanı düzenlenmesi gibi zorlayıcı düzenlemeler gerektirir.

Tüm bu şartlar oluştuğunda ebeveynler; çocuklarının sorumluluklarının yanı sıra şefkat, ilgi gibi ihtiyaçlarını da paylaşmış olurlar. Böylece aralarında çıkabilecek tartışmalar da en aza indirgenmiş olur. Her biri; çocuğun okul hayatının, ödevlerinin, spor faaliyetlerinin ya da gezmelerinin bir kısmını üstlenerek takip edebilirler. Ama bu paylaşımı yaparken ebeveynlerden birinin sadece çocuğun, okul, ders gibi gündelik hayatıyla, diğerinin ise hafta sonları, tatiller, geziler, vesair gibi etkinliklerle ilgilenmesi yanlış olur.

Yaşam tarzlarına uygun olarak ebeveynler; bir hafta biri, bir hafta diğeri ya da yaşları küçük olan çocuklar için biraz sarsıcı olsa bile haftanın üç günü biri, dört günü diğeri şeklinde bir düzenleme yapabilirler.

Çocukla, "önceden olduğu gibi" vakit geçirmenin yararı olur mu?

Ayrılık döneminin hemen ardından görüşmek genellikle zordur çünkü tartışmalar ve üzüntüler hâlâ çok tazedir. En doğrusu bu olumsuz havayı yeniden canlandırmamaktır.

Eğer çocuğun böyle bir isteği olursa ve bu ebeveynler için de mümkünse özel bir günde, örneğin çocuğun doğum gününde, ebeveynler bir araya gelebilir. Tartışmaların tekrar alevlenmemesi için her iki tarafın da çok temkinli ve olgun davranması gerekir. Eğer ebeveynlerden biri ayrılığı hâlâ kabullenememişse sahte bir buluşmayla ortamın gerginleşmesini engellemek için doğum günü partisinde böyle bir buluşmadan kaçınılmalıdır. Tam tersine; eğer her iki ebeveyn soğukkanlılıklarını koruyarak görüşebileceklerine inanıyorlarsa çocuğa, özellikle küçük yaştaki bir çocuğa, "eskisi gibi" olamayacaklarını ama ona çok değer veren annesini veya babasını, özel günlerde eve davet edebileceklerini açıklamak gerekir. Böylece çocuk; anne ve babası ayrılmış, aralarındaki sevgi bitmiş olsa bile kendisinin yanında olabilmek için karşılıklı saygı çerçevesinde, bir araya geldiklerini anlayabilir. Bu durum, ebeveynlerin anlamsız tartışmaları aştığının da kanıtıdır.

Önemli bir sınav, hastalık, vesair ve özellikle ergenlik dönemi gibi hayatının önemli anlarında, çocuk; anne ve babasının yanında olmasına ihtiyaç duyar, onları etrafında görmeyi arzu eder.

Çocuğa diğer ebeveynden bahsetmek gerekli midir?

Eski eşini unutma eğiliminde olan ebeveynler; adını dahi söylemekten, hakkında konuşmaktan kaçınabilir. Bu yaşamlarına tabuların, sırların, söylenmeyen sözlerin ağırlığının yerleşmesine sebep olur. Açık açık söylenmese bile sanki herkes diğer ebeveyn hakkında konuşmamak için anlaşmıştır, sanki anne ya da baba hiç var olmamış gibi...

Diğer ebeveynden hiç konuşmamak, onun rolünü inkâr etme anlamına gelir.

Bazen çocuk; "Babam neden bizimle konuşmaya gelmiyor?" diye sormaya cesaret edebilse de tartışma ortamı yaratmamak için genellikle sessizlik kuralını bozmamaya çalışır. Yine de dünyaya gelişinde her iki ebeveyninin biyolojik katkısı olan çocuğun; annesiyle de babasıyla da tutarlı bir süreklilik içerisinde bağlarının kopartılmaması önemlidir. Aileden ayrılan ebeveynin önemini reddeden çocukların gelecekteki hayatlarında dengesizlikler ve ayrılıklar yaşama olasılıkları hayli fazladır. Diğer ebeveyne karşı beslediği sevgiden konuşmaya cesaret edemeyen ve bu sevgiyi silemeyen çocuk, bu duygusunu gizli tutup sadece kendine saklar. Bazen de anne ya da babasıyla tartışmamak için, diğerinden nefret ediyor gibi görünür. Bu durum, iki arada kalan çocuğa çok sıkıntı verir.

Çocuğa; hem annesini hem de babasını sevme hakkı olduğunu ve her ikisine karşı dürüst olabileceğini anlatmak gerekir.

Günlük yaşamda, her ebeveyn; en azından diğerinin işini, sağlığını sorabilir. Birlikte paylaşılmış güzel anları ve birlikte yetiştirecekleri bir çocuk sahibi olduklarını anımsamak bu sessizliğin bozulmasına yardımcı olabilir. Eğer her biri, "Eski eşim bana iyi bir eş olamadı, beni başkası için terk etti." gibi ifadeler yerine, "Evliliğimizde sorunlar yaşamış olabiliriz ama her şeye rağmen çocuğum onu seviyor ve onun da hayatı boyunca çocuğunu seven bir ebeveyn olacağını biliyorum. Benim de bu sevgiye saygı duymam gerekir." diyebilme olgunluğuna sahip olursa, çok önemli bir dönemeç atlatılmış olur.

Çocuğun sorduğu sorular

"Benim gerçek ailem seninki mi?"

Bu soruya cevap verirken, çocuğa bir tek gerçek ailesinin olmadığını, annesinin ya da babasının ailesinin de en az diğeri kadar önemli olduğunu anlatmak gerekir. Bu fikri reddetmek; ebeveyni kendi çocukluğundaki eksiklere, güvensizliğe, "Ya o, Ya ben!" gibi çocukça rekabetlere, kendi anne ve babasının evliliğine götürür ya da tek ebeveyni olan bir ailenin hayalini kurmaya yönlendirir. Bu durumda zaten ortada biri ile paylaşılması gereken bir şey kalmamıştır. Sadece kendisine ait bir çocukla, tek başına kalıp, her şeyini verebilir, her şeye de sahip olabilir. Bu yanlıştır. Ebeveyn; çocuğunun soyunun iki farklı aileden geldiğini unutmamalıdır. Bu bağlardan birinin yok edilmesi, çocuğun gelecekteki hayatında yaşayacağı ayrılıkların da habercisidir. O hâlde doğru olan; çocuğun her iki aile ile de bağlarının kopmamasına özen gösterilmesi olacaktır. Hatta diğer ebeveynin annesi ve babası ile çocuk görüştürülmeli, böylece kendi soy ağacı hakkında bilgi sahibi olması sağlanmalıdır. Bu durum çocuğun ruhsal gelişimi için son derece olumlu sonuçlar verecektir.

"Babam mı? Onu görmesem de olur…"

Çocuk sizi diğer ebeveyn ile görüşmeye ihtiyacı olmadığına inandırabilir, hatta giderek buna kendi de inanır. Daha sonraları ise köklerinin bir kısmını dışlar, farkında olmadığı bu eksikliği inkâr eder. "Diğer ebeveynime hiç ihtiyacım olmadı..." Her iki ebeveynin de çocuk ile ilgilenmesi ve çocukla olan bağlarının kopmamasına özen gösterilmelidir. Hatta günlük hayatta, cep telefonu ile veya daha küçük çocuklar için üzerine küçük resimler çizdiği bir mektupla, okul karnesinin bir kopyasıyla, önemli olayların fotoğraflarıyla ya da tatillerde atılan bir kartpostalla... diğer ebeveyn ile olan bağlar güçlendirilebilir. Diğer ebeveynle çocuğun iletişimini desteklemeniz onun gelişimi için son derece pozitif bir davranıştır. Bu durumun bir başka iyi yanı ise diğer ebeveyn sizi kötülemeye o kadar da hevesli olamayacaktır ya da sık sık duyduğumuz gibi çocuğu tamamen hayatından çıkaramayacaktır.

Bölüm5

Yeni bir rol: yalnız anne / yalnız baba

Çocuğunuz ile tek başınıza kaldığınızda taşlar yerinden oynar, onunla olan ilişkiniz biraz sarsıntıya uğrar. Bu durum zor ya da üzücü olsa bile çocuğu gözetmemiz, onun ihtiyaçlarını unutmamamız gerekir. Çocuğun güvene, desteğe ve tasasız bir hayata ihtiyacı vardır.

Yalnız anne / yalnız baba rolünü evde nasıl yerine getirmek gerekir?

Her iki ebeveyninden destek almaya alışık olan çocuk, tek bir ebeveynle yaşamaya başladığında kaygılanır. Bazı çocuklar; ebeveynlerinden birinin tatile gittiği, iş seyahatine çıktığı ya da evden uzak olduğu belirli dönemlerde tek ebeveynle yaşamaya alışkın olsalar da bu durum çok daha farklıdır. Bu defa, evin her tarafında eşyaları olan ve dönüşü beklenen biri yoktur...

Birçok açıdan desteğe ihtiyacı olan sadece çocuk değildir. Yalnız kalan ebeveyn; bu dönemeci aşabilmek için sadece çocuğunun sevgisine ve desteğine dayanmamalıdır. Arkadaşlar, aile, iş, bir hobi edinmek, spor yapmak gibi faaliyetler ebeveynin tamamen çocuğun üzerine odaklanmasını engeller. Eğer tek çocuk varsa ebeveynin çocuğu ile bir çift oluşturma riski çok daha fazladır.

Diğer taraftan kendini tek bir ebeveynle yaşarken bulan çocuk, bazen bu birleşimin içine girmeye eğilimli olur. Bu durum onun gelişimini ve bağımsızlığını kazanmasını yavaşlatır. Ayrıca, ilk çocukluk yıllarında terk edilme ve ayrılık korkuları da yaşayabilir: "Her ikimizi de terk mi ediyor?" , "Peki biz bu işin altından kalkabilecek miyiz?" Çocuk; giden ebeveynle özdeşleşerek kendini yalnız, terk edilmiş ya da kaybolmuş hisseder. Çok çocuklu ailelerde; büyük çocuk, kendini sorumlulukları üstlenen evin yeni lideri gibi hissedebilir. Bu duygu, kâbuslar, panikler şeklinde güvensizliğin ortaya çıkmasına neden olabildiği gibi çok da bunaltıcıdır.

İçinde bulunulan yeni durumda, ebeveyn tüm sorumluluğu üzerine alıp çocuğun kendini güvende hissetmesini sağlamalıdır. Anne veya baba; kendi yalnızlıklarından kaynaklanan endişelerini çocuğa yüklememelidir. Başka yetişkinlerden ya da eğitim veya sosyal konularda uzman olan kişilerden yardım alabilirler. Ebeveynin yalnızlığını doldurmak çocuğun işi değildir.

Çocuğun diğer ebeveyne gittiği zamanlarda endişelenmek "normal" midir?

Yalnız kalan ebeveyn; çocuk diğer ebeveyne gittiği zamanlarda, kendinden bir parçasını kaybetmiş gibi hisseder. Kendi kendine çocuğunun diğer ebeveyne çok bağlanıp bağlanmadığını sorar. Çocuk kendi yanındayken daha mutlu olmasını ister. Ya diğer ebeveyn de kendini yalnız hissediyorsa ve çocuğun aklını çelip onu kendisinden *çalarsa*?

Bir kısmı hayal ürünü olsa dahi eski eşle ilgili bu tip kaygı ve düşüncelere kapılmak son derece doğaldır; çünkü yalnız kalan ebeveyn, tüm sevgisini odakladığı çocuğunu kaybetmekten çok korkar.

Çocuk diğer ebeveyne gittiği zaman, kendini suçlu hissediyorsa, ona ne söylemek gerekir?

Başlangıçta; her iki ebeveyni ile ayrı ayrı görüşüp, birlikte olmak çocuğa zor gelir, çünkü biri ile birlikte olduğunda yalnız ve üzgün olan diğerini düşünür. Yalnız kalan ebeveyne karşı suçluluk duygusu hisseder. Anne babaya düşen görev; çocuğun ikisi arasında bölünmemesi ve suçluluk duygusuna kapılmamasını sağlamaktır. Çocuk; diğer ebeveyne karşı suçluluk duymadan kendini ifade etmeyi başarmalıdır.

Bu tarz sahneleri sık sık gözlemleriz. Güzel geçen bir hafta sonunun ardından çocuk, örneğin; annesinin yanına dönmeden önce, hafta sonunun aslında iyi geçmediğini göstermek için babasıyla tartışır. Ya da yanında iyi vakit geçirdiği ebeveyninden ayrılırken çok üzülmemek için bir şiddet ortamı yaratır. Veya diğer ebeveyne hoş görünmek için, kötü ve üzücü bir hafta sonu geçirdiğini söyleyerek yalan konuşur. Bu tarz olaylar görüşme veya ziyaret sırasında da sıkça yaşanır. Örneğin; ebeveyni ile mutlu görünen çocuk, diğer ebeveyn geldiğinde ona mutsuz olduğunu göstermek için bir anda yüzünü asar, somurtur.

Bir ebeveynden diğerine geçiş, her iki tarafı da memnun etmeye çalışan çocuk için dayanılması zor bir durumdur.

Çocuğu; diğer ebeveyni ile de mutlu ve iyi olması için özgür bırakmalı, hatta diğerini görmeye gitmesinden, iyi vakit geçirmesinden mutlu olacağımızı söyleyerek çocuğu cesaretlendirmeliyiz. Çocuk; sadece kendisi için yaşadığını, kendisi olmadığında canı sıkıldığını bildiği ebeveynini geride bırakırken üzüntüsünü yanında götürmemelidir.

Ebeveynin çocuklarla fiziksel ayrılığı, onları bir arada tutan sevgi ve bağlılığın kopmasına neden olmaz mı?

Fiziksel uzaklığın bağlılıkla alakası yoktur. Fiziksel uzaklığın pişmanlık yaratması doğalsa da çocukla sürekli bir arada olma döneminin sona erdiğini, çocuğun artık bebek olmadığını göz önünde tutmak gerekir. Çocuk; yanında anne veya babası olmadan nasıl kendi ayakları üzerinde durmayı öğrenecekse ebeveyn de çocuğu olmadan yaşamayı öğrenmelidir.

Ebeveyn; yeni duruma alışmak ve çocukla sürekli bir arada olamamaktan kaynaklanan endişeyi önlemek için, biraz uzak yaşamaktan zevk almayı öğrenerek eksiği kapamaya çalışmalı, yapmaktan keyif alacağı faaliyetler bulmalıdır.

Çocukların yetiştirilmesi konusunda ebeveynler farklı görüşlerde olduklarında ne yapmak gerekir?

Bu hassas bir konudur! Yetiştirmek demek ikamet yerlerine, sosyal ilişkilere, hayata, vesair gibi daha bir çok konuda seçimler yapmak demektir. Ailenin bir arada olduğu hâllerde bile farklı düşüncelerin karar almayı ne denli zorlaştırdığı açıktır. Ayrılıkta ise bu çok daha zordur.

Bu zorluk en çok okulla ilgili kararlarda ortaya çıkar. Her ebeveyn; okul, çocuk ve eski eş ile arasında bir bağ oluşturmak, aracı konumunda olmak ister. Örneğin yurt dışında staj, özel okul seçimi, vesair gibi durumlar çocuk için üzerinde çok düşünülmesi gereken önemli basamaklardır. Eğer mümkünse ebeveynler bir araya gelip, bu konuyu çocuk ile konuşmalı, birlikte ona öğütler vermeli, artıları ve eksileri hep beraber tartışmalıdırlar. Bunu yaparken de ebeveynler; doğal olarak, kendi kavgalarını bir kenara bırakmalıdırlar.

Her şeyden önce, anne ve babanın görevi çocuğun menfaatini düşünmektir. Kabul etmesi zor da olsa geri kalan her şeyin, özellikle de ebeveynler arasındaki kırgınlıkların bu ortamda yeri yoktur.

Bundan sonra anne ve baba rolleri nasıl paylaşılmalı?

Ebeveyn; çocuk veya çocuklarla yalnız yaşamaya başladığında, eskiden diğer ebeveynle paylaşılanlar da dâhil olmak üzere tüm sorumlulukları üzerine almalıdır. Örneğin; eskiden otoriteyi sağlayan babanın yerine artık anne ağırlığını koymayı öğrenmeli, kendi kurallarına uyulmasını sağlamalıdır. Diğer ebeveynden kuralları farklı da olsa bu andan itibaren her biri; kendi evinde, kendi kurallarını oluşturur. Çocuğun bunu anlaması çok önemlidir. Tek başına olan ebeveyn için çoğunlukla, koyduğu kuralların uygulanmasını sağlamak zordur. Sevgi, yakınlığı ve bir arada olma isteğini teşvik eder. Çocuğunun bağımsız, kendi ayakları üzerinde durabilen, gelecekteki hayatında başarılı bir yetişkin olmasını arzu eden ebeveyn; çocuğunun ihtiyacı olan anne ya da baba gibi davranmalıdır.

Çocuklarına daha çok ağabey veya abla gibi davranan ebeveynlere, anne veya baba denemez. Hatta bazen, çocuğu mutsuz etmemek ve tamamen kendi tarafına çekmek için, onun her istediğini yerine getirir. Bu durumda çocuk; destek alabileceği, sırtını dayayabileceği, gelişimi ve hayata hazırlanmasında kendisine yol gösterip, yardımcı olacak gerçek bir ebeveynin eksikliğini hisseder.

Ebeveyn; karşılaştığı zorluklarla başa çıkamıyorsa tarafsız olan üçüncü bir şahıstan veya bir uzmandan yardım talep edebilir. Bir kez daha belirtmeliyiz ki ebeveynler yetişkin olduklarını unutmamalı ve gerektiği gibi davranmalıdırlar.

Eğer çocuk diğer ebeveynin yanında daha çok eğleniyorsa, bu; annenin veya babanın görevini yeterince iyi yapamadığı anlamına mı gelir?

Çocuklarını daha az gören ebeveyn; onlarla vakit geçirmekten mutlu olur, çocukların da kendi yanında mutlu olmalarını istediğinden daha çok şımartır.

En sık rastlanan durum; babanın, çocukları hafta sonları ve okul tatillerinin bir kısmında almasıdır. Böyle zamanlarda, okula bağlı haftalık kuralları bir kenara bırakmak doğal olarak çok daha kolaydır. Çocukları hediyelere boğmak, onları gezmeye götürmek, film seyretmelerine izin vermek, vesair gibi esneklikler; ayrılığın hem ebeveynde hem de çocuklarda yarattığı acıyı bir nebze de olsa telafi etmeye çalışmanın yollarından biridir. Bu şartlarda, annenin üstlendiği gündelik yaşamı, okul hayatını, gidiş-gelişleri düzenlemek, çocuklar hastalandıklarında gerekeni yapmak, gerekli gördüğünde ya da bu yeni hayat onu çok yorup bunalttığında çocuklara kızmak, cezalandırmak, vesair gibi tatsız görevler kötü görünebilir.

Anne her ne kadar kötü rolü üstlendiğini düşünse de çocuklar aynı fikirde olmazlar, çünkü anneleriyle tüm hafta yaşadıkları evi esas yuvaları olarak görürler, gerek annelerine ve gerekse de evlerine çok bağlıdırlar. Örneğin; babalarıyla spor yapmaktan keyif alıyorlarsa ve eve döndüklerinde yaptıklarını hevesle annelerine anlatıyorlarsa kıyaslama yapmak yerine, çocukların mutluluğunu paylaşmak gerekir.

Diğer ebeveyne cephe almanın ve çocuğu mutlu etmek adına onun yaptıklarının aynısını yapmanın hiçbir faydası yoktur. Aksine çocuklar; anne ve babalarını, farklı sebeplerden dolayı severler ve onların kişiliklerine, zevklerine göre her biri ile farklı faaliyetler yaparlar. Çocuğu yetiştirirken ihtiyaçlarını, hoşlandığı şeyleri göz önünde bulundurmak önemlidir. Yine de bu konuya verilen önem; insanın, kendi gereksinim ve tercihlerinden vazgeçmesine neden olacak kadar büyütülmemelidir.

Çocuğun sorduğu sorular

"Eve ne zaman geri döneceksin?"

Bu soru, özellikle yaşı küçük olan çocuklar tarafından çok sık sorulur. Çocuk; sürekli -bazen bu uzun zaman devam eder- ailenin tekrar bir araya gelmesini ümit ederek hayaller kurar. Çocuğun hayallerinde besleyip büyüttüğü mutlu bir aile kurma rüyası, tüm hayatı boyunca belirleyici bir unsur olarak kendini gösterir. Yaşı ne kadar küçükse çocuğun ayrılığı gözünde canlandırması da o kadar güçtür. Ebeveynler; çocuğa, evliliğin devamı veya bitimine çocukların değil, yetişkinlerin karar verdiğini ve artık bu hayalinden vazgeçmesi gerektiğini açıklamalıdırlar.

"Seninle uyuyabilir miyim?"

Çocuğun gelişimini yavaşlatacak bir beraberlik yaratmamak gerekir. Yukarıda da belirttiğimiz gibi, bebeğin annesinden yavaş yavaş ayrılmayı öğrenmesi için pelüş bir oyuncağa ihtiyacı vardır. Yaşı biraz daha büyüdüğünde oyuncaklar, arkadaşlar, kitaplar... onu ailesinden biraz uzaklaştırır. Daha sonra; vücutları şekillenir, cinsellik konusunda ilgi ve merak başlar, umutlar, beklentiler, evden ayrılmaya kadar varan geleceğe dair projeler gündeme gelir. Ebeveynin görevi; çocuğa ihtiyacı olan sevgiyi, şefkati ve yakınlığı göstererek yavaş yavaş kendi ayakları üzerinde durmasına ve tüm bu projeleri gerçekleştirmesine yardımcı olmaktır. Seneler geçtikçe, yakınlığın yerini şefkat alır. Ergenlik döneminde sıkıntılar yaşayan bir gencin ya da korkuları olan bir çocuğun, ailesinden şefkat ve destek almaya ihtiyacı vardır ama aynı yatakta yatarak değil. Yaşı çok küçük olan bir çocuk zaman zaman böyle bir birlikteliğe ihtiyaç duyabilir ama eğer çocuk, gelişiminde hayli yol katetmişse bu tarz bir yakınlığa ihtiyacı yoktur. Tam tersine; ilgiye, şefkate ve sevgiye ihtiyacı olan bir çocuğun kendi ayakları üzerinde durmasını gereğinden fazla desteklemek de pek tercih edilir bir yol değildir.

Bölüm 6

Yeni bir evlilik, yeni bir aile

Yeni bir çift oluştuğunda, aile düzeni ve eski evlilikten doğan çocukların aile içerisindeki yerleri değişir. Ebeveynin doğrudan çocuğu ile konuşması, onu dinlemesi, çocuk açısından, kurulan bu yeni ailede kendini iyi hissetmesi için şarttır. Bu arada kendi öz babasıyla veya annesiyle de bağlarını koparmaması gerekir.

Anne veya babanın hayatında yeni biri olduğunda, bu durumdan çocuğa ne zaman bahsetmek gerekir?

Hayatınızda yeni birisi olduğunu ancak ilişkinin sağlamlığına inanırsanız ve ileriye yönelik evlilik planınız varsa çocuğunuzla konuşun.

Çocuk, ebeveynlerinin özel hayatı ve ilişkileri konusunda her şeyi bilmek zorunda değildir. Onu, yaşına uygun olmayan sıkıntıların içine sokmayarak korumak çok önemlidir. İster çocuk, ister ergen, isterse de genç bir yetişkinin ebeveynlerinin özel hayatlarının tüm ayrıntılarını ve cinsel hayatlarını bilmesi doğru değildir. Eğer çocuğun kendine ait küçük çocukça sırları varsa çocuk; yetişkinlerin de kendi dışında kalması gereken bir özel hayatları olduğunu anlayabilir. Hayatının akışına saygı duyulduğu, temel gereksinimleri karşılandığı ve her ihtiyaç duyduğunda ailesini yanında bulduğu ve destek aldığı sürece, gerisi çocuğu hiç ilgilendirmez... Eğer ebeveyn duygusal hayatından, aşka dair umutlarından ya da acılarından sürekli bahsederse bu çocuğun ailedeki konumuna saygısızlık olur. Aksine; ailesinin desteğine, ilgiye ve dinlenilmeye çocuğun ihtiyacı vardır. İstisna olarak, eğer ebeveyn çok bunaldıysa ya da çok acı çekiyorsa doğru kelimeleri bularak çocuğa bundan biraz bahsedebilir ama bu hikâyelerin yetişkinlerin dünyasına ait olduğunun iyice altını çizmelidir: "Sevdiğim erkek gittiği için ağlıyorum ama hiç merak etme çabuk toparlanacağım." Böylece çocuk endişelenmekten kurtulur ve geleceğe daha güvenli bakar.

Yeni eşin gelişiyle birlikte ailede bir takım yeni düzenlemeler olur. Bu yeni durum çocuğu da ilgilendirdiği unutulmamalı ve gerekli açıklama yapılmalıdır Yeni çiftin davranışları, tatil planları ya da taşınma gibi kararları çocuğun geleceğini de etkiler. O hâlde, bu ilişki hakkında çocuktan bir şey saklamamak gerekir. Çabuk verilen ayrılık kararı, ardından çabuk verilen evlilik kararı, takiben evden taşınma, vesair gibi radikal olayların, çocuğu yıprattığını ve sıkıntıya soktuğunu da unutmamalıyız.

Anne veya baba, çocuk olmadan, dışarı çıktıklarında veya yeni hayat arkadaşlarıyla buluştuklarında çocuk kıskanıyorsa, ona ne söylemek gerekir?

Ebeveynlerinin hayatının çok içinde yer alan bir çocuk, yeni bir eşin gelişini zor kabullenir. Yeni eşin; annesinin ya da babasının yanında yer almasını kaldıramayabilir, çünkü kendini kenara itilmiş hisseder. Bu durumda, kıskançlık ve rekabet ortaya çıkabilir. Kıskanç bir çocuk; ebeveynini yeni hayat arkadaşı ile yan yana gördüğünde, çocuk olarak yerini unutup yetişkinlerin işlerine karışmaya başlar. Ama bu durum; eğer ebeveyn sadece çocuğa ait olduğunu ve hayatı hakkında birlikte karar vereceklerini ona hissettirmişse ortaya çıkar. Ebeveynin çocuğuna, başka biri ile birlikte olsa bile kendisine olan sevgisinin asla değişmeyeceğini anlatması önemlidir. Ebeveyninin, sadece kendisine ait olmasını isteyen çocuğun yolundan gitmek yanlış bir davranıştır. Psikanalistlerin "aile içi sağlıksız bağlılık" olarak adlandırdıkları bu oyunu sürdürmek, gelecekte çocuğa çok zarar verir. Kuralları koyan, seçimleri yapan ve çocuğun aile içindeki yerini belirleyen daima ebeveynler olmalıdır. Böylece onun isteklerine karşı gereken sınır da konulmuş olur.

Anne ya da baba, yeni hayat arkadaşıyla bir arada yaşama kararını çocuğa ne şekilde söylemesi uygun olur?

Anne ya da baba; yeni hayat arkadaşını, evlilik planlarından bahsetmeden çocukla tanıştırabilirler. Aralarına yeni katılacak kişiyle, birlikte vakit geçirmek, keyif alacakları ortak faaliyetleri paylaşmak, çocuğun ebeveyninin kendinden çalınıyor olduğu gibi bir hisse kapılmasına engel olabilir. Eğer ilişkileri evliliğe doğru gidiyorsa gelecekteki hayatları hakkında, çocuğa açıklama yapmak biraz zaman alabilir. Ebeveynin yalnızlığına tanık olan çocuk, böyle bir karar karşısında genellikle onun adına sevinir. Yine de az da olsa düşmanca tepki verirse ya da somurtursa bunu da doğal karşılamak gerekir. *Yabancı birinin* çocuk ve ebeveynin yeni kurdukları hayatlarına girişi, aile içinde yeniden düzenlemeler yapılmasını gerektirir, bu yeni duruma alışmak için de zamana ihtiyaçları vardır.

Çocuk, ebeveynin yeni hayat arkadaşının eve gelmesine şiddetle karşı çıkıyorsa, bu durumu çözümlemek için ne yapmak gerekir?

Çocuğun reddetmesi ya da öfkelenmesi, ebeveynin bu tepkinin nedeni hakkında çocukla konuşması için bir fırsat yaratmış olur. Boşanma veya ayrılık gibi kötü bir tecrübe yaşayan çocuğun, yeni kurulacak bu aileye güven duymaya ihtiyacı vardır. Anne ve babasının evliliklerinde yaşadıkları şiddetli tartışmaları, her birinin çektiği acıyı, onların kendisine yeteri kadar zaman ayırmamaları birçok kötü deneyim yaşayan çocuk, bazen bu tecrübesini ebeveyninin yeni evliliği ile bağdaştırır. Evlilikte ve aile hayatlarında, tekrar bu acı hikâyelerin yaşanabileceği korkusu; çocuğun, annesinin veya babasının yeni ilişkisine tepki göstermesine neden olur. Çocuk, ebeveyninin yalnız başına ya da sadece kendisiyle daha mutlu olacağı kanısındadır. Yetişkinlerin duygusal ve cinsel ihtiyaçlarını çocuk bilmez. Tüm bu sebeplerden dolayı bazı çocuklar anne veya babasının yeniden evlenmesine engel olmak isterler.

Çocuğunuzun güven duymasını sağlayın, öfkesinin nedenlerini dinleyin ama ona, bu tarz kararları sadece yetişkinlerin alabileceğini de açık bir şekilde anlatın. Çocuğun sergilemiş olduğu düşmanca tavır; hiçbir durumda, bu evlilikten vazgeçmek için bir sebep oluşturamaz. Çocuğunuzu koruma bahanesine sığınarak, kendinize ait olan hayattan asla vazgeçmeyin. Yeni hayat arkadaşınızın çocuğunuzla anlaşamadığı için evlilikten vazgeçtiğinizde başta iyi bir şey yaptığınızı düşünebilirsiniz. Ama bu bir hatadır. Aksine bu yönde bir davranış, çocuğu aile içinde ona ait olmayan bir yere taşır. Çocuğun ebeveynin aldığı kararda söz hakkı yoktur. O, sadece annesinin veya babasının aldığı kararlara uymak zorundadır, bu da onun kişiliğinin oluşmasına yardımcı olur. Çocuk, yetişkinlerin hayatlarının düzenlenmesinde kendini sorumlu hissetmeyeceği için rahatlayacaktır ve gelecekte, bir yetişkin olduğunda, kendi gelişiminde örnek aldığı ebeveynleri ile özdeşleşerek, kendine ait kararlar alabilecektir.

Sonuç olarak, yeni bir evlilik çocuk için olumlu bir şeydir. Böylece çocuk, anne ve babasının evlilikleri başarısızlıkla sonuçlanmış olsa bile yetişkinlerin yeniden başka biri ile bir araya gelerek mutlu olabileceği tecrübesini kazanmış olur. Tam tersine, ebeveyn yalnız kalırsa çocuk bir yetişkin olduğunda, kendi evliliğinde de sorunlar yaşayabilir. Bir taraftan çocukluğunda yaşadıklarını anımsayarak kadın-erkek ilişkilerinin yürümeyeceğini düşünür, diğer taraftan da ebeveynini yalnız bıraktığı için suçluluk duyar.

Ebeveynin, yeni kurduğu ailenin de tıpkı ilkinde olduğu gibi, sona ereceğinden korkması "normal" midir?

Yeniden evlendiğimizde, genellikle yeni eşin ilk evliliğinden olan çocuk veya çocuklar da dâhil olmak üzere, aynı çatı altında yaşayan bir aile kurmaya yöneliriz. "Yeni bir hayat kurma" umuduna genellikle "eskisinden daha iyi yapma" isteği ve bazen de bir aile kurma becerisinin ve kendine olan güvenin yitirildiği düşüncesi eşlik eder. Daha önce yaşanan acılar, ayrılığın açtığı yaralar ve eski eşle yapılan tartışmalar tam olarak unutulmamıştır. Bu durumda, yeni bir başarısızlığa dayanmak çok zor olur ve yeni bir ayrılık, insanın kendini sorgulamasına yol açar: "Bir aile ortamı içinde ben gerçekten mutlu olabilir miyim? Evlilik hayatını başarılı bir şekilde sürdürebilir miyim?"

Bilinçli ya da bilinçsiz olarak tekrardan bağlar oluşturmak gerekir. Yani, yeterince anlaşabileceğimiz, ortak ilgi alanlarını paylaşabileceğimiz yeni ilişkiler kurmak gerekir. Her biri olumlu yanlar, yeni değerler, değişik hitap tarzları ve yeni bilgi alışverişleri arayacaktır. Tüm bunlar, manevi açıdan büyük kazançlar, tecrübeler ve beklenmedik keşifler getirir. Bu yeni aile bizi değiştirmeye, büyümeye, rahatlatmaya ve daha çok dinlemeye iter.

Her iki aileyi bir araya getirmek için ne yapmak gerekir?

Alınan her karar değişikliğe neden olur. Çocuğunuz evin büyük çocuğu konumunu kaybedebilir ama bir abla veya bir ağabey kazanır. Diğer ebeveynle görüşeceği günler tekrar düzenlenir ve üvey anne, üvey baba... gibi aileye yeni katılan üyelerle çeşitli ve değişik ilişkiler kurulabilir. Ebeveyni için önemli bir yere sahip olan çocuk veya çocuklar, bu yeri yeniden paylaşmayı öğrenmek zorundadırlar.

Bu durum; gerek maddi, gerek psikolojik birçok değişiklik gerektirir. Somut olarak şöyle açıklayabiliriz: Hep beraber yaşamak için uygun bir ev bulmak... Ergenlik dönemindeki bir kız ve bir erkek aynı odayı paylaşamak.... Oysaki iki küçük çocuk, aynı odayı paylaşmaktan keyif alabilirler. Her şeyi tekrardan ele alıp en ince ayrıntısına kadar incelemek, üzerinde düşünmek gerekir. Hep beraber planlar ve düzenlemeler üzerinde tartışarak, aileyi ilgilendiren küçük öğütler verilebilir. Çünkü bu değişimleri, son karar yetişkinlere ait olsa bile çocukların ihtiyaçlarını dinleyip o yönde kararlar alarak gerçekleştirmek daha doğru olur. Bunun çocukların her istediklerini yerine getirmek anlamına gelmediği, ailenin iyiliği ve rahatı için en uygun kararlar alınmasının öncelikli olduğu açıktır. Kendi öz çocuğunu diğerlerinden ayrı tutmamak ve tüm çocuklara aynı şekilde davranmak belki de en hassas noktadır.

İki aileyi birleştirmek, çocuğun artık ebeveyninin tek başına karar alamayacağını hissettiği ve *yeni* bir ebeveynin kendilerine katılacağı önemli bir andır. Yetişkinlerin her şeyi ele alacaklarını bilmek, genellikle çocukların rahatlamasını sağlar. Çocuklardan bazılarıyla tartışma olursa yeni çiftin, bu durum karşısında sağlam durup birbirlerine destek olmaları çok önemlidir, kriz anlarında çocuklara ailedeki yerlerini tekrar belirtmekte fayda vardır. Çocuğun öz anne veya babasının, çocuğun çoğunlukla yanında kaldığı ebeveynine gerektiği zaman otoriter olması konusunda destek verirse bu durum daha kolay çözülür.

İki farklı aileden gelen ve birdenbire bir arada yaşamak zorunda kalan çocukların birbirlerine alışmaları için neler yapmak gerekir?

Aileler arasında yeni bağlar oluşacaktır ama doğal olarak, bu biraz zaman alabilir. Çocuklar; alışkanlıklarıyla, taşkınlıklarıyla ve ebeveynleri ile olan ilişkileriyle yüzleşir, böylece yeni bir *kardeşlik ruhu* oluşur. Her çocuk bu yeni ve büyük ailede, kardeş sevgisi uğruna, adeta öz kardeşlermiş gibi kendilerine ait bazı ayrıcalıklardan vazgeçerler. Bu yeni ailede, çocuklar arasındaki ilişki kardeşçe olmalıdır, çünkü onlar aynı çatı altında yaşayan kardeşler sayılırlar. Eğer ergenlik çağındaki iki çocuk arasında duygusal bir yakınlaşma olursa yeni kurulan ailenin yapısını korumak için, ebeveynler kesin olarak yasakları ve sınırları belirtmelidirler. Eğer çocuklar yeni aileyi benimser, diğer çocukları da kardeşleri gibi görürlerse kardeşler arasındaki cinsel istekleri engelleyen bu tabu kendiliğinden yerleşir.

Çok kardeşli bir ortamda yaşamak, her birinin farklılıklarıyla deneyim kazanılan bir zenginliktir. Yaşa, cinsiyete veya farklı karakter yapısına göre, her çocuğun farklı avantajları olabilir. Kardeşlik, karşılıklı bilgi alışverişi ve deneyim kazanmaya, sosyalleşmeye yardımcı olan, dayanışmayı sağlayan ve güven duygusunu pekiştiren bir öğrenim ortamıdır. Çocuk diğeri ile paylaşmayı öğrenir. Bu diğeri, kardeşlik çerçevesi içerisinde ebeveyn-çocuk tekelinden vazgeçilmesini ve çocuğun gerçeklerle yüzleşmesini sağlar. Çocuğun, annesinin veya babasının sadece kendisine ait olduğu hayaline kapılmaması gerekir.

Eğer çocuğun yaşı küçükse bu olay onu biraz sarsabilir. Bu tecrübenin, çocuğun yararına olmasını sağlamak ise ebeveynlerin elindedir. O ana kadar ailenin tek evladı olan çocuğa, kardeşlerinin olmasının bir şans olduğunu, bundan böyle küçük kardeş veya ağabey ya da ablalık görevlerinin olduğunu açıklamak gerekir. Her ailede olduğu gibi kıskançlıklar ortaya çıkabilir. Çocukla; çocuk kitaplarından, masallardan alıntılar yaparak bu konu hakkında konuşmak yarar sağlayabilir. Çocuğun edindiği tüm bu tecrübeler, onun büyümesine ve davranışlarını tekrar gözden geçirmesine yardımcı olur. Bazen de zorluklar baş gösterebilir. Örneğin; ablalar veya ağabeyler, kardeşlerine anne veya baba gibi davranabilirler. Bunu önlemek için ebeveynler çocukları gözlemleyip dikkat etmeleri gerekir.

Evin büyük çocuklarının bu davranışı; aslında kendilerine ait olmayan bir ebeveyn rolüne soyunduklarını gösterir ki bu da çok ağır bir sorumluluktur. Birbirlerini çok seven yeni çift; ebeveynlik görevlerini ihmal etmemeli, yanı sıra korumaları ve sürdürmeleri gereken bir evlilikleri olduğunu da unutmamalıdırlar.

Yeni eş, çocuğa karşı nasıl davranmalıdır? Onun hayatlarındaki yerini çocuğa nasıl anlatmak gerekir?

Bir yetişkin; çocuğun karşısında belli bir otoriteyi temsil ediyorsa çocuğun yetiştirilmesinde kısmen de olsa sorumlu demektir. Bu durumu daha iyi açıklamak için ilkokul öğretmenini örnek verebiliriz. Çocuk öğretmenini dinler, saygı gösterir, öğütlerini ve konuşmalarını dikkate alır. Asla öğretmenine, "Bana bir şey söylemeye hakkın yok, sen benim babam değilsin," demez. Çocuk; annesinin veya babasının eş olarak seçtiği kişiye de itaat etmek zorundadır. Öz anne ve baba; çocuğa, yeni eşinin konumunu açıkça belirtmelidir: "Onu dinlemek zorundasın. Çünkü bundan sonra seni onunla birlikte yetiştireceğiz."

Eşlerin karşılıklı olarak birbirlerini desteklemeleri çok önemlidir. Ebeveynlerin sağlam ve kararlı durmaları; çocuğa güven verirken aynı zamanda da kişiliğinin oluşumunda etkili olur. Belirlenen bu çerçeveye çocuğun sert bir tepki göstermeye hakkı yoktur. Tam tersine eğer çocuk; bir yetişkinin üzerinde baskı kurabileceğine, ona meydan okuyabileceğine ya da onu yok sayabileceğine inanırsa uzun vadede şiddete eğilimli ve katı bir kişiliğe sahip olur. Gelecekteki hayatında hiyerarşiye vc otoriteye ayak uyduramama gibi sorunlarla karşılaşabilir. Bir yetişkin olarak işinde başarısız olabileceği gibi kendi çocuklarını yetiştirirken de nasıl davranacağını bilemeyerek zorluklar yaşayabilir.

Yeni kurulan ailede, çocuğun kendi yerini bulmasında nasıl yardımcı olunmalıdır?

Anne ve babasının ayrılığı ile onların tartışmalarını, acı çekmelerini görerek sarsılan çocuk; ebeveyninin tekrar mutlu olduğunu gördüğünde kendini güvende hissedecektir. Ama aile yapısını, günlük hayatın akışını ve etrafındaki insanları değiştirmek her zaman kolay değildir. Yeni çıkış noktaları ve yeni kurulan ailede kendi yerini bulabilmesi için çocuğa zaman tanımak gerekir. Örneğin: Bu yeni adama ya da bu yeni kadına evde nasıl hitap edilmelidir? Çocuğu ya da çocukları, birbirlerine alışsınlar diye yeni eşle yalnız bırakmak gerekir mi? Annelik ve babalık görevleri yeniden paylaştırılmalı mıdır? Bu şekilde sayısız sorular ardı ardına sıralanır ama bu soruların tek bir cevabı yoktur. Üvey baba -tıpkı gerçek babasının yaptığı gibi- çocuğun kendi ayakları üzerinde durmayı öğrenmesi için ona destek olmaya devam edebilir. Bunun için simgesel olarak anne ve çocuğu ayırması gerekir. Çünkü, daha önce de gördüğümüz gibi gerek babanın ve gerekse üvey babanın görevi; çocuk ve anne arasında yer almaktır. Böylece çocuğa, annesinin kanatları altından çıkmasında yardımcı olur. Anne; çocuğuna, kendisiyle ilgilenmek dışında başka istekleri olabileceğini, küçük yaştan itibaren göstermek zorundadır. Bu şekilde; anne yeni bir eşe doğru yönelebilir.

Ebeveyninin bu isteğini hoş görüp kabullenmesi, çocuğun sosyalleşmesinde çok olumlu bir adımdır. Bu onun başkalarına doğru açılmasını, değişik arkadaşlarla oyun oynamasını, üvey anne veya üvey babasıyla faaliyetler yapmayı ya da bir konu hakkında konuşmayı sevmesini sağlar. Tüm bu davranışlar onun gelişimi için son derece faydalı ve olumludur.

Aynı şekilde üvey anne, çocuğa şefkat göstererek, ihtiyacı olduğunda çocuğu teselli ederek annelik görevini yapmalıdır. Ebeveynlerin geleneksel görevleri, yeni kurulan ailede de paylaşılmalıdır. Üvey baba; çocuğun sıkıntısı olduğunda ya da bir şeye üzüldüğünde dinleyebilir, teselli edebilir veya üvey anne gerekli olduğu zaman otoritesini kullanmak zorunda kalabilir.

Üvey anne, üvey baba, üvey çocuklar, eski eş, vesair, tüm bu kişiler arasında, eğer öz ebeveynler görev paylaşımına açıklarsa, herkes yerini bulduğunda, yeni kurulan ailede uyum gelişecek, sevinçleriyle, sorunlarıyla, umutlarıyla ve gelecek için planlarıyla her aile gibi bir aile olacaktır.

Çocuğun sorduğu sorular

“Sen beni gerçek annem kadar seviyor musun?”

Çocuğa; öz ebeveynin sevgisinin değişmez ve tek olduğunu, buna paralel olarak üvey ebeveynin de çocuğu daha farklı bir şekilde sevdiğini açıklamak gerekir. Öz anne hikâyenin en başından itibaren, çocuğunu çok sevmiş; hamilelik, doğum, sonrasında birlikte katettikleri mutlu veya zor tecrübeler yaşanmıştır. Baba için de aynı şey geçerlidir; heyecanlı bekleyiş sonrasında çocuğun her adımında yanında yer almıştır. Çocuğun öz ebeveynleri ile olan bağları asla kopmaz ve doğal olarak ebeveynler yeni aileler kurduklarında da çocukla olan bağlarının kopmaması çok önemlidir. Babanın veya annenin yeni eşi; çocuğa sevgi ile yaklaşabilir ama asla öz anne ve babanın yerini tutamaz. Birlikte farklı anların yaşanacağı bu yeni bağ, çocuğun anne ve babasıyla olan bağlarının yanında yer alır. Öz anne veya babanın; yeni eş için endişeleneceği ya da yeni eşin çocukla iletişimini kıskanacağı anlar da olabilir. Ama çocuğun üvey anne veya üvey babasıyla kuracağı bağın, çocuğu öz anne veya öz babasıyla birleştiren çözülmez bağla hiçbir alakası yoktur.

“Bana hiçbir şey söylemeye hakkın yok, sen benim babam değilsin!”

Bu tarz tepkiler karşısında; öz ebeveynin müdahale edip, yeni eşinin de çocuğun üzerinde otorite kurmaya hakkı olduğunu söylemesi gerekir. Çocuğun böyle cümlelerini kabul etmemek ve yeni eşin ailedeki yerini bir kez daha vurgulamakta fayda vardır. Örneğin çocuğa "Bir daha asla böyle cümleler duymak istemiyorum. Eşim; senin öz baban değil ve onun yerine de geçmeyecek ama o bir yetişkin ve senin eğitiminle, yetiştirilmenle benimle beraber ilgilenmeye hakkı var. Bunu senin iyiliğin için yapıyor, onun sözünü dinlemelisin ve ben de onunla aynı fikirdeyim." Çocuk; yeni ebeveynin, öz annesi veya öz babası yerine geçmeyeceğine ve onun ayağını kaydırmayacağına ikna olursa, bir bağ kurması daha kolay olur. Bu; öz annenin üvey anneye ya da öz babanın üvey babaya karşı aldığı bir tavır değildir. Çocuğa, ebeveynlerin gerekli gördükleri zaman müdahale edebilecekleri konusunda anlaşmaya vardıklarını açıklamak gerekir. Küçük bir kız veya erkek çocuğun evde söylenenlere itaat etmesi, kendini güvende hissetmesi açısından önemlidir. Olması gereken de budur. Bu; çocuğun, öz ve üvey ebeveynlerine güvenebileceğinin ve ebeveynlerinin de çocuğa güven duygusu aktarabildiklerinin işaretidir.

KAYNAKÇA

-BETTELHEIM BRUNO, Peri masallarının psikanalizi (La Psychanalyse des contes de fées), Robert Laffont yayınları, 1976.

-DARCHIS ELISABETH, Annelik, babalık ve büyük değişiklikler (L'instauration de la parenalité et ses avatars), Aile meclisi, no.5 –soy zincirinin yaraları- (Le Divan Familial, no.5- blessures de filiation-), In Press yayınları, 2000.

-DARCHIS ELISABETH, Hayatınızı değiştiren bu bebek (Ce bébé qui change votre vie), I.Cilt, Doğumdan önce (Temps d'avant la naissance), II Cilt Ailedeki ilk ayları (Les Premiers Mois en famille), kol. Fleurus, "Aile olma mesleği" (Métier de parents), 2002.

- DARCHIS ELISABETH, Acemi baba (Les blues du père), in Cyrille Gauillaumont (dir) yayınları, "Erken beliren sorunlar" (Les troubles précoces du post-partum, koll. Eres "binbir bebek" (Mille et un bébés), 2002.

-DARCHIS ELISABETH ve AUFFRET-PERICONE MARIE, %100 aile %100 çift (100% parents, 100% couple), Milan yayınları, 2008.

-DECHERF GERARD, Soyların bitme veya silinme yoluyla sona ermesi (Rupture de la transmission par extinction ou par gommage de lignées), Aile meclisi no.18, - Atalarının peşinden gelen aile -(Le Divan Familial, no.18- La famille en quête d'auteurs), In Press yayınları, 2007.

-DECHERF GERARD ve CAILLOT JEAN-PIERRE, Ailenin ve çiftin psikanalizi (La psychanalise du couple et de la famille), Apsyg yayınları, 1989.

-DECHERF GERARD, KNERA LAAURENCE ve DARCHIS ELISABETH, Aile içindeki sorunlar: günümüzdeki psikanaliz ile aile terapisi (Souffrances dans la famille: thérapie familiale psychanalitique d'aujourd'hui) In Press yayınları, 2003.

-EIGUER ALBERTO, Evdeki bilinçaltı (L'inconscient de la maison), Dunod yayınları, 2004.

-EIGUER ALBERTO, GRANJON EVELYN ve LONCAN ANNE, Ataların payı (La part des ancêtres), Dunod yayınları, 2006.

-LEMAIRE JEAN, Eşler, hayatları, ölümleri (Le Couple, sa vie, sa mort), Payot yayınları, 1979.

-NACHIN CLAUDE, İmdat! Dolapta bir sır var (A l'aide, y a un secret dans le placard), Fleurus yayınları, Paris, 1999.

-RUFFIOT ANDRE, Ailenin incelenmesi (Le groupe familial en analyse), André Ruffiot, Alberto Eiguer ve diğerleri, Psikanaliz açısından aile terapisi (La thérapie familiale psychanalytique), Dunod kol., Bilinçaltı ve kültür (Inconscient et culture), 1981.
-TISSERON SERGE, Aile sırları ve uygulama kılavuzu (Secrets de famille, mode d'emploi), Marabout, 2008.
-WINNICOTT DONALD W., Pediatriden psikanalize (De la pédiatrie à la psychanalyse), Payot yayınları, 1949.

BİYOGRAFİLER

YAZAR: Elisabeth Darchis

Elisabeth Darchis, Louis-Mourier de Colombes hastanesinin (Hauts-de-Seine şehri) doğum kliniğinde psikolog olarak çalışıyor. Aynı zamanda Darchis, Ile-de-France bölgesindeki psikanalize dayalı aile terapisi Fransız kuruluşunda (La Société française de thérapie familiale psychanalitique -STFPIF) eşler ve aile terapisti olarak görev yapıyor. Aileleri kabul ederek, onlara danışmanlık yapan Darchis, ayrıca, Paris X ve Paris V üniversitelerinde de dersler veriyor.

"Hayatınızı değiştiren bu bebek" (Ce bébé qui change votre vie) ve "%100 aile %100 çift" (100% parents, 100% couple) kitaplarını yazan Darchis, "Aile içindeki sorunlar: günümüzdeki psikanaliz ile aile terapisi" (Souffrances dans la famille: les thérapies familiales psychanaliques d'aujourd'hui) ve "Ailedeki krizler: şiddet ve yeniden kurma" (Crises familiales: violence et reconstruction) adlı eserlerde G.Decherf ve L.Knera ile ortak bir çalışma yapmıştır. "Sevgi, nefret ve aile içindeki zorbalık" (Amour, haine et tyrannie familiale) adlı eseri G.Decherf ve A.M. Blanchard ile birlikte kaleme almıştır.

darchiselisabeth@orange.fr

YAZAR: Gérard Decherf

Psikoloji ve psikanaliz dallarında doktor olan **Gérard Decherf**, psikanalize dayalı aile terapisi Fransız kuruluşunun (La Société française de thérapie familiale psychanalitique – STFPIF) kurucu üyesidir.

"Oedipus grubu" (Oedipe en groupe) gibi bir çok eseri yazan Decherf, "Aile içindeki sorunlar: günümüzdeki psikanaliz ile aile terapisi" (Souffrances dans la famille: les thérapies familiales psychanaliques d'aujourd'hui) ve "Ailedeki krizler: şiddet ve yeniden kurma" (Crises familiales: violence et reconstruction) adlı eserlerde E. Darchis ve L.Knera ile ortak bir çalışma yapmıştır. "Sevgi, nefret ve aile içindeki zorbalık" (Amour, haine et tyrannie familiale) adlı eseri E. Darchis ve A.M. Blanchard ile birlikte kaleme almıştır. decherfgerard@club-internet.fr

ÇEVİRMEN: Vilma Kara

1972 yılında İstanbul'da doğan Vilma Kara, Pierre Loti Lisesi'ni bitirdikten sonra, İstanbul Üniversitesi Fransızca Mütercim Tercümanlık Anabilim dalından mezun olmuştur. Bitirme Tezi kapsamında Erik Orsenna'nın "Les dernières nouvelles des oiseaux" (Kuşlardan son haberler) adlı eserini çevirmiştir. Aktif meslek hayatına Apollon Yayıncılık için çevirdiği "La Séparation" (Ayrılık) ve "L'entrée à l'école" (Okula başlarken) adlı eserlerle adım atan Vilma Kara, çevirmenlik mesleğine aktif olarak devam etmektedir.

ANNE BABA Rehberi - Çocukla İletişim Serisinin Diğer Kitapları Çok Yakında

KARDEŞLER

ÖLÜM

CİNSEL BİLGİLER

OKULA BAŞLARKEN